汉家五尺道，置吏抚南夷。
欲使文翁教，兼令孟获知。
盘羞蒟酱实，歌杂竹枝辞。
取酒须勤醉，乡关不可思。

——司马光

五尺道考察项目和本书出版得到
宜宾五粮液酒类销售有限责任公司的资助

西部考古探险系列

2010年穿越横断山脉

CHUANYUE HENGDUAN SHANMAI

寻踪五尺道

四川省文物考古研究院　中国国家博物馆／编著

科学出版社

图书在版编目（CIP）数据

2010年穿越横断山脉：寻踪五尺道／四川省文物考古研究院，中国国家博物馆编著．—北京：科学出版社，2011

（西部考古探险系列）

ISBN 978-7-03-032865-6

Ⅰ．①2… Ⅱ．①四… ②中… Ⅲ．①考古调查－云南省②考古调查－四川省 Ⅳ．①K872.7

中国版本图书馆CIP数据核字（2011）第240852号

责任编辑：雷 英 ／ 责任校对：桂伟利

责任印制：赵德静 ／ 设计制版：北京美光制版有限公司

科学出版社 出版

北京东黄城根北街16号

邮政编码：100717

http://www.sciencep.com

文物出版社印刷厂 印刷

科学出版社发行 各地新华书店经销

*

2011年11月第 一 版 开本：889×1194 1/16

2011年11月第一次印刷 印张：13

字数：338 000

定价：298.00元

（如有印装质量问题，我社负责调换）

编辑委员会

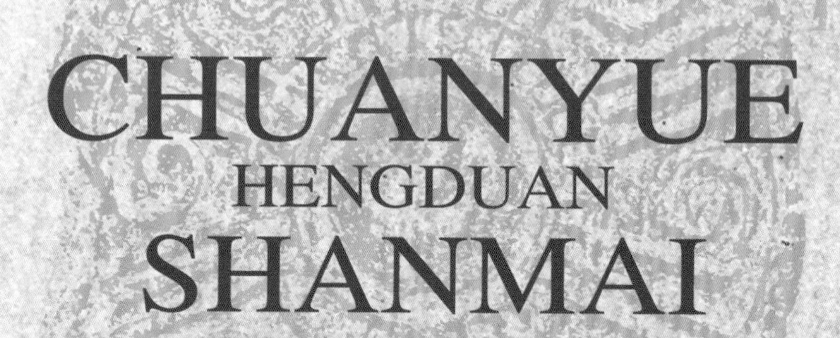
CHUANYUE
HENGDUAN
SHANMAI

前言

PREFACE

由我院联合故宫博物院等多家单位进行的“穿越横断山脉”考古探险活动，始于2005年，按我们当初的计划，是要用三至五年时间，把四川的甘孜、阿坝、凉山的藏区基本考察一遍。坦率地讲，考察前，对于能取得多大成果，大家心中并无太大把握。谁知第一年川藏北线考察的收获就不但令参与考察的省内外专家们非常激动，也让全国同行欣喜和羡慕。于是我们有了成立考古探险中心的想法，也很快就把“西部考古探险中心”建立起来了。

按我们的设想，除了和故宫博物院联合进行的四川藏区考察要继续以外，我们院还应该在四川境内的横断山脉其他区域也开展类似的以考古为中心的多学科考察。接下来的第一个活动就是“走进俄亚”考古人类学探险活动。“走进俄亚”的成功，促使我们很快又有了再做几个探险项目的冲动。这时恰逢国家文物局主持的第三次全国文物普查进入野外实地调查阶段，第三次全国文物普查是我国历史上经费投入最多、调查涉及面最广泛、调查记录内容最全面、调查手段最科学先进的一次文物普查。本次调查，特别强调要重视对线性文物的调查。我们认为我们所进行的考古探险正好可以和全国第三次文物普查的工作内容契合。于是我们把目光投向历史上声名显赫、现实中却扑朔迷离的五尺道。先是利用2009年五一大假的几天时间，我带上院里几个年轻同志到四川高县、筠连及云南盐津、昭通五尺道沿线选了几个点作初步考察。在豆沙关发现的早晚期道路遗迹、横江发现的不同时期的修路碑等使我们大受鼓舞。当年四川省教育厅还把此次调查作为素材出在四川地区的高考历史试卷中，产生了比较大的影响。这些因素促使我们最后下决心进行五尺道考古探险调查，并将其作为四川第三次全国文物普查的线性文物专题调查项目来开展。我们的这一设想得到了四川省文物局领导的大力支持，相关市、县文物部门的积极响应。

大家知道，五尺道是西南地区第一条由中央王朝主持修建的大型交通建设项目，修此路之目的当然是为加强秦和西南夷的联系，巩固秦王朝西南边疆。这样一个艰巨浩大的工程，在历史文献记载中，史家却惜墨如金，一笔带过，给我们留下的有关此路的资料只有只言片语，历代给予关注的人也少之又少。20世纪三四十年代开始陆续有专家实地考察。80年代后，因西南地区学者提出“南方丝绸之路”一说，五尺道作为南方丝绸之路中的一段，引起过历史、民族、历史地理、考古、民俗专家的关注，并进行多次考察。但即使如此，关于此路的开凿年代、起止、走向、作用，特别是与道路遗迹及与道路相关的实物等直接证据几乎为空白，成为五尺道研究中的不小遗憾。大概正因如此，直到最近一些年，都还有人认为五尺道是个行政区划的名称，不应该是条道路。我们知道自己专业的特点和优势，尤其是有了五年考古探险积累起来的经验，对通过考古探险来解决五尺道的有关重大学术问题，充满了期待。于是我们联合了国家博物馆共同探险五尺道。

细审20世纪以来的历次南丝路考察，我们认为成绩很大，主要表现在：一，文献搜集得很丰富；二，对沿线已知的古迹几乎都做过考察。因此当我们提出考察这条路时，我们常常问自己，会不会有超越此前的新发现新收获？老实讲，我们心中是无多大把握的。不过，我们也注意到，之前的多次考察，都没提到有早期道路遗迹和古遗址古墓葬的新发现。我们认为，这两点才是考察道路的工作重点和确认古道路最重要的证据。有鉴于此，我们把这两项作为我们本次考察的主要内容和突破方向。专业团队的组织和工作准备也围绕这两方面来进行。至此，我们对我们的工作能取得预期成绩也有了较大信心。

这里我想有必要向大家介绍一下我们的专家团队。在专业队伍组成方面，除我院专业人员外，我们特别邀请了几位秦汉考古经验丰富的专家，如，陕西省考古研究院张在明先生，他数十年都在做秦汉交通考古研究，这两年在主持秦直道发掘，成绩斐然。同院的焦南峰先生，不但主持了著名的汉阳陵发掘，还是陕西境内长城调查的负责人。内蒙古博物院塔拉院长，是著名考古学家，在内蒙古自治区和蒙古国都主持过多项秦汉考古发掘调查的大型项目。南京师范大学的汤惠生教授，除了有在西北工作多年的丰富的田野工作经验外，还是岩画研究方面成就卓著的专家。国家博物馆考古部主任杨林先生，更是我们多次探险都倚重的专家，他见多识广，探险经验最为丰富，我们的很多重大决策都来自他的智慧。探险中和探险后表明：专家团队是这次能取得丰硕成果的最重要保证。

为期半月的考察，行程三千多公里。考察的收获是多方面的。要之，我想应该说有这样几个方面：

其一，五尺道确实存在。它是秦代开凿，北起自四川宜宾，向南到昭通，再向南到达曲靖，若按古里算，长达千里，是西南地区的一条重要交通道路。

其二，虽然岁月沧桑，但沿线仍可见若干秦汉时期的遗存。如屏山、巧家发现的秦墓，高县出的（汉）半两钱范，盐津河边发现的汉代栈道孔，宜宾、横江、�连、盐津、昭通发现的汉—六朝时期崖墓以及朱提郡遗址。

其三，找到了有关五尺道的直接证据，如在筠连、盐津发现多处早期开凿痕迹和道路加宽遗迹有早晚道路的打破关系，修筑道路的凿、砌、铺要素在好几处保存较好的古道上都能清楚地分辨出来。

其四，发现大量秦汉以后历代与道路相关的遗迹，如长江中的南宋水下石刻题记、明代关隘、明清渡口等。

其五，还发现了数处与酒文化相关的遗迹。

有了以上实地考察的经历和发现，我们的初步结论是：五尺道工程绵延千里，经横断山脉，上云贵高原，其间跨数条江河，在秦的道路工程中最为浩大艰巨，堪与阿房宫、始皇陵、长城、直道、驰道、灵渠等国家工程相提并论，同为秦王朝的七大工程。秦祚虽短，但根据汉以后西南地区的历史进程来看，两千多年前开通的五尺道，在其后的两千多年里，对中央巩固西南边疆，西南地区加快融入中原文化，促进西南经济发展发挥了巨大的作用。

以上提到的考察成果还是初步的，相信考察团的专家们回去整理考察资料后还会有新的发现。

我们计划本次考察成果为：在央视播一部电视专题片、由出版社出版一本考察图录、适时召开一次以五尺道为主题的国际学术讨论会，会后出版讨论会论文集。电视专题片央视已在去年六月播出，图录即将出版，国际学术讨论会也已在筹划之中。我们之所以做以上这些事，是希望两千多年前的这一项伟大工程受到更多的关注，有关五尺道的遗迹能得到妥善的保护和合理的利用。

令人欣慰的是，我们的考察成果在向考察所经自贡、宜宾、昭通地方领导汇报后，受到了高度重视。昭通市市长、宜宾市市委书记都分别专门听了考察团的五尺道考察专题汇报。宜宾市市委书记在听了考察团汇报后，当场指示有关区县把专家汇报中提到的十四处重要的不可移动文物点马上公布为县级文物保护单位。据我们所知，不到一个月的时间内，这十四处文物点相关的各县区政府都发了列为县级文物保护单位的文件。

本次考察进行得非常顺利，我想除了专家团队的敬业外，来自地方的大力支持是我们不得不称道的。机缘巧合，考察前一个多月，偶遇宜宾市市委宣传部副部长黄德生同志，聊谈中得知他对宜宾五尺道深有研究，而且正在做保护开发方面的前期工作，于是我也摆明了我院将要实施的五尺道考察计划。共同的追求令我们一拍即合。在接下来的考察中，我们得到了宜宾市市委宣传部、市文化局、市文管所，以及下属各县的大力支持，黄德生副部长还陪同我们几乎跑完五尺道考察全程，既做后勤，又当考察队员，其工作干劲和专业程度，赢得了专家们的敬佩。宜宾市文化局汪局长也亲自给下属的文管所、博物馆及县文化局部署接待、配合事宜。自贡、昭通、曲靖的文化文物部门都全力支持我们的考察。这样，考察沿线的后勤都有保障，考察团一路畅通无阻，得以专心于考古考察。我们要借此机会，再次对他们，以及在这次考察中所有给过我们帮助的地方政府、部门和个人表示衷心的感谢，我们的成果里有他们的贡献。

四川省文物考古研究院　高大伦
2011年2月9日于成都

寻踪五尺道【考察路线】

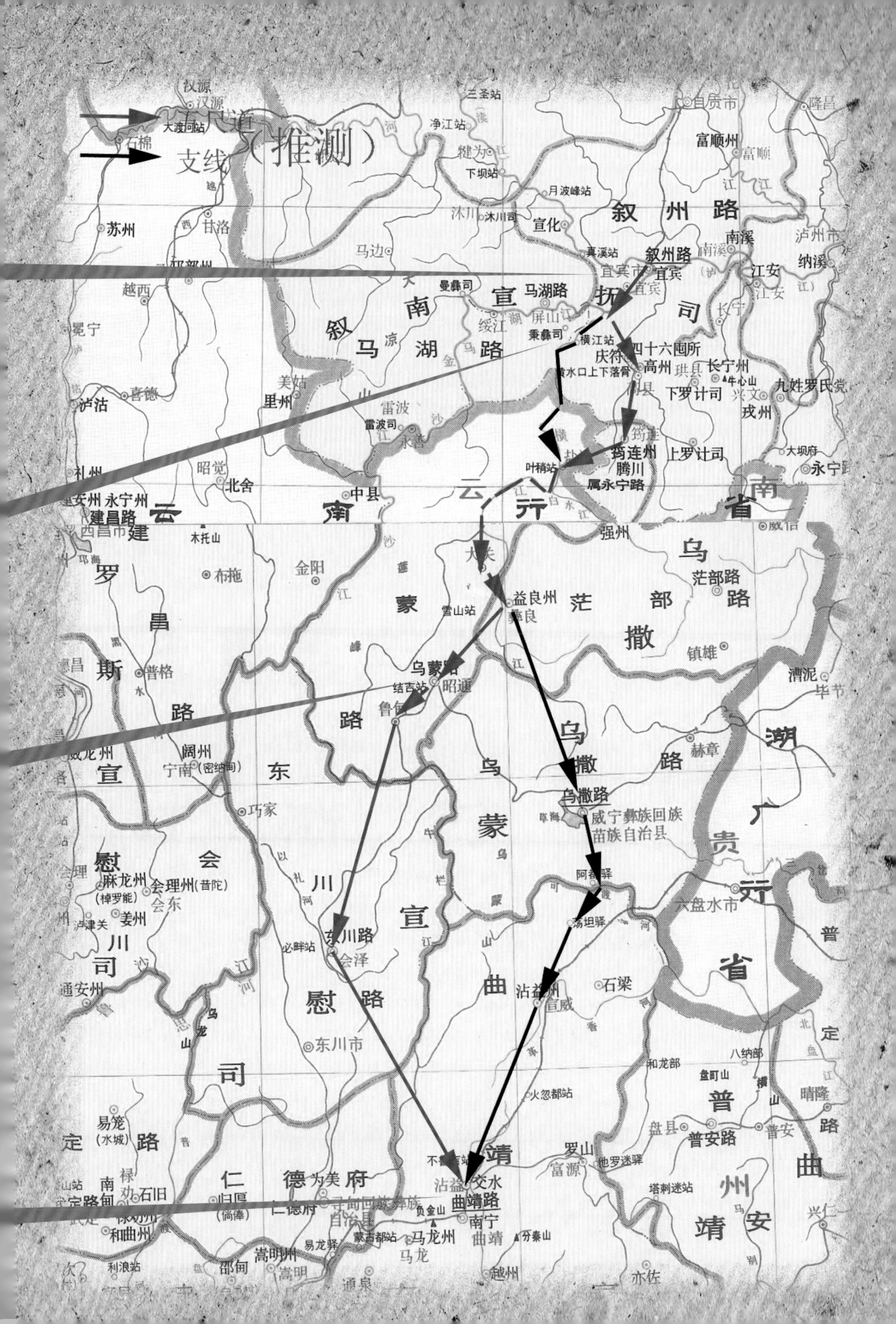

驿道
支线（推测）
叙州路
叙南宣抚司
马湖路
云南行省
乌撒乌蒙宣慰司
乌蒙路
乌撒路
芒部路
东川路
罗罗斯宣慰司
建昌路
曲靖宣慰司
曲靖路
普安路
湖广行省
德昌
会理州
仁德府
威宁彝族回族苗族自治县
昭通
益良州
宜宾
高州
筠连州
叶梢站
宣化
自贡市
泸州市
江安
南溪
马边
雷波
永善
大关
鲁甸
会泽
东川市
沾益州
宣威
马龙州
曲靖
六盘水市
毕节
镇雄
赫章
西昌市

寻踪五尺道

目录

WUCHIDAO

考察足迹

——自贡

2010年穿越横断山脉 寻踪五尺道

盐业

东汉章帝时，今自贡镇富顺县城关镇出现富义盐井。北周武帝时今贡井区的大公井闻名于世，与改名为富世盐井的富义盐井著称于蜀。经隋唐两代的发展，至宋初，自贡盐产量约占全川的十分之一。至北宋庆历时，卓筒井采用顿钻凿井，井盐开采由人力挖掘转变为机械凿井，生产力极大提高。南宋末，富顺县岁煮盐增至117万多斤。明嘉靖十八年至三十三年（1539～1554），自流井被开发，形成了新的产区，天然气用于制盐。明末清初，战乱频繁，盐业生产备受破坏。随着清政府鼓励盐业生产措施的实施，生产迅速恢复。道光年间，年产量增至3000万公斤。此时，凿井技术完善，盐井井深增加。道光十五年（1835），燊海井钻至1001.42 米，为世界第一口超千米井。井成时，日产天然气8500立方米，月喷卤水万余担，是一口水气同采的高产井。目前，燊海井尚保存原有井架和推水大车，并产少量天然气“就井制盐”。

咸丰三年（1853）起，川盐济楚，自贡年产盐近20万吨，占全川产量一半以上，自贡成为四川井盐业的中心，被称为盐都。随着盐业私人生产制度的确立，生产技术革新和市场的扩大，以及生产内部与外部分工协作的加强，自贡盐业自乾隆时起，开始跨入手工工场阶段。咸丰同治时期，投资激

自贡四口井

燊海井局部

燊海井煮盐老作坊

增，分工细密，手工工场主大量出现，雇佣劳动增长，自贡盐场成为中国最大的手工工场。

木制井架，自贡俗称天车，是自贡盐场奇观之一。木制井架是将若干杉木联结，以竹篾绳捆扎成巨大支架，竖于井口，用于采卤和淘井、治井。最早的井架是单脚（独脚龙），以后随着生产和技术的发展，为保护井架的稳定，增加为三脚，井架也随之增高，最高的有113米。

漕运

自贡盐业始于东汉章帝，经隋唐两代的发展，到宋代已初具规模。咸丰三年（1853）起，川盐济楚，自贡盐业步入鼎盛时期，年产量近20万吨，占全川产量一半以上，自贡成为四川井盐业的中心，被称为盐都。伴随着盐产量的大幅增长，盐的大规模、低成本运输，成为亟待解决的问题。

自贡地区的食盐运输，宋代以前主要是陆运，以人力背、挑和畜力运输为主。之后，逐渐发展水运，但仍以陆运为主。康熙三十五年（1696）后，改为水运为主。运输行业发展为水运和搬运装卸两大行业，并于清光绪三年（1877）开办官运。自贡地区的通航河道以釜溪河（盐井河）为主，包括其支流威远河、荣县河（旭水河）及沱江下游。而威远河、荣县河、釜溪河水量、流量小，航道多险滩，难以满足水路运输的需求。自宋代开始，历朝都对其航道进行疏浚、整治。经过反复探索，最终采取“筑埝蓄水、节节开放”的办法保持通航。航运经历了盘滩、冲滑滩埝、过槽、转堰，最终发展到过闸和双闸。后二者的通航运输原理，和巴拿马运河运输原理接近。此次考察重点考察了平康堰、济元闸、中桥堰。

自贡济元桥（济元闸）

平康堰位于自贡市贡井区，为自贡卤水资源丰富的产盐区。平康堰的桥、闸、码头均保存完好。清早期开凿的船槽尚在。船槽痕迹较少，康熙三十五年，仅在旭水河贡井段艾叶等险滩上开凿船槽，贯通河道，船只依槽过滩，比盘滩大为便利。光绪三十年，设立堰工局，筑重滩、艾叶、平桥、中桥、五皇洞、雷公滩及老新桥七座堰闸蓄水，使旭水河通航。平康堰即平桥，转堰时下游的码头尚在。济元桥仅存水闸。中桥堰尚保存完整。

1. 自贡中桥闸细腰
2. 自贡中桥闸
3. 陆坚《转堰图》
4. 陆坚《过槽图》

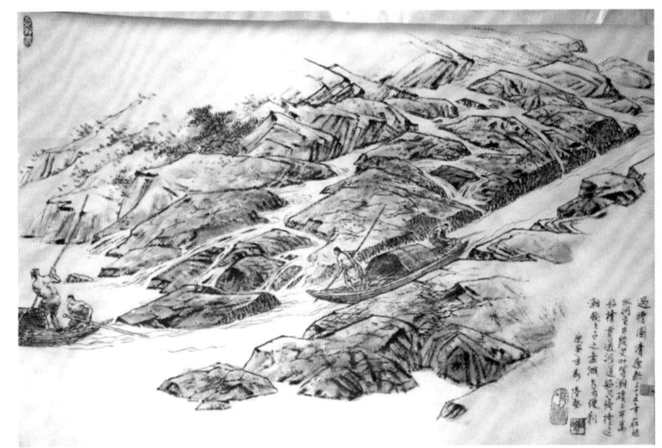

1	
2	
3	4

1．平康堰全景船道
2．平康堰远景
3．平康堰（河道）
4．平康堰（船漕）

考察足迹
——宜宾

2010年穿越横断山脉 寻踪五尺道

宜宾，位于四川省西南，是从成都进入云南的最重要的战略要地之一，理所当然地成为本次“五粮液‘五尺道—石门道—盐道’考古探险考察”的重点。

宜宾博物馆馆藏丰富，珍贵的文物自不必说，其中三件馆藏尤其引起了众多专家的注意，其一是一件西汉初年的“半两”钱范，其二是一件有“建初四年朱提郡造作”铭文的铜盆，其三是铜仙人骑鹿俑。“半两”钱范体现了宜宾（僰道）与中央政府的密切联系。西汉初年，百废待举的与西南边区的联系基础，无疑是秦代就已经建立了的。建初四年来自朱提（昭通）的铜盆，说

宜宾全景图

明了宜宾与昭通间在汉代即有紧密的联系。虽然宜宾与昭通之间到底是谁搬不空、谁填不满的争论暂时还没有结论，但毫无疑问，两地间早在秦汉就开始互通有无。铜仙人骑鹿俑的可贵之处，在于我们在昭通文物管理所的馆藏中也发现了造型相似的铜俑，从一个侧面进一步反映了两地间的联系。

通过文物的比较，我们看到宜宾与昭通的联系；从文献记载上，我们知道秦常頞曾开五尺道，把成都、宜宾、昭通、曲靖联系起来。我们要做的，就是通过考察，找到这些关联的物质载体，即五尺道、石门道和盐道。

1. 宜宾冠英街
2. 宜宾冠英街（墨庄遗庆）
3. 宜宾冠英街（石刻）

冠英街

冠英街是清末时期的街道，东起合江门，西接寿昌寺，南滨金沙江，全长204米，宽3.5米，此街原来还有观音阁，因之而得名“观音街”。1940年后改为冠英街。冠英街始建于清代，建成于民国。因其依三江之地势，集山水秀丽之神韵，为当时官绅商贾置地造房之风水宝地。鼎盛时，冠英街上有40余座砖木四合院，官绅云集，富贾如云。

民国时期，刘文彩扩建粮房街公馆，在南面增加了一个耳院，院门开在冠英街。耳院的西式门楼很气派，高于其他街坊，青砖砌体，灰塑装饰，跟川西，即安仁刘公馆的门楼相似，具有民国时代川西豪门宅邸风格，门额原题有“丰沛旧家”四个大字，“文革”时被涂抹掉了。门楼左边约三米处的方石柱上刻有“刘氏墙□，国历十九年□□□”，至今可见。门楼对面即是墨庄遗庆公馆，老板叫刘文玉，开福生源药号，主要通过航运把川滇名贵药材发往上海。

1．宜宾合江门码头全景
2．宜宾滇南馆门楼
3．宜宾滇南馆戏台局部

合江门码头

合江门码头，原俗称为宜宾洋码头，位于岷江汇入长江处，又因长江上游和中游自此分界，所以又称其为三江汇合处，即岷江、金沙江、长江。宜宾辖区内共有宜宾、南溪、江安、屏山、新市镇等五个港口，以宜宾港为集散中心。新中国成立前除宜宾洋码头（今合江门码头）、金关码头（今潼关码头）有过简单修葺外，其余大多呈自然岸坡状态，当时因运输路线和物资的不同划分为“六渡八帮”，即北关渡、东门渡、合江门渡、下渡口、中毒口、上渡口等六个短航码头和八个不同帮会组成的长航码头。合江门码头是宜宾水运历史上第一个正规码头，素有“川南交通之钥匙”的美称，自唐代就已通航，但码头一直为自然岸坡状态，民国二十年（1931）曾对东门口码头做过简单修葺。新中国成立后，政府对合江门码头进行过数次修建，使之逐渐具一定规模。

宜宾滇南馆

滇南馆位于宜宾走马街，修建于清光绪七年（1881），至今已有130年的历史。原占地20多亩，与三条街相通，号称“川南第一会馆”。滇南馆于光绪年间由滇商出资，经历23年才修建竣工。此会馆是宜宾滇商联谊结会、议事娱乐的重要场所。因是由众商人出资修建，其所有权属民间商会组织。会馆内原有大小院落五座（现只存一处），整个建筑原由大殿、侧殿、内外戏楼、厢房、书楼、花厅、文星楼、乡贤祠、荔园等组成。荔园内广植桢楠、香樟、荔枝、腊梅等名贵花木。园内的假山、水池及亭榭景观错落有致。会馆建筑设计精巧，布局考究，雕梁画栋别具匠心，石刻木雕艺术浑厚精湛。馆内楼殿、亭榭、廊柱、窗棂之雕刻人物、飞禽走兽、花鸟鱼虫，都栩栩如生。滇南馆，为清光绪年间至民国时期宜宾城内的知名园林，以规模宏大、富丽堂皇在众多会馆中独树一帜。

2003年，宜宾政府对剩余部分进行了抢救性修复。现修复的滇南馆交由文物保护管理部门管理，用作民众休闲娱乐的公共场所。

署叙州府正堂王　示諭閤郡諸色人等

知悉照得

文昌宮重地理宜肅靜以昭虔恪

本署府蒞任以來聞有不法之徒往往

在此閑遊擾攘珠蠹玩藝不足以昭誠

敬除飭差查拏外合行牌示自示之後

倘有前項不法之徒仍在彼滋擾該首

事等立即扭稟送案以憑究處不貸各

宜凜遵毋違此諭　遵

府署稿房由刑寫均存有案

道光二十六年六月十一日懸文昌宮曉諭

1. 宜宾真武山石碑正面
2. 宜宾真武山石碑背面

滇南馆大门的楹联

上联：载宝故乡来　如披滇海虞衡志

下联：合簪公宴举　更奏梁洲鼓吹辞

此联由清末民初书法家、楹联家赵藩所撰书。赵藩（1851～1927），字樾村，一字介庵，晚年号石禅老人，云南剑川人，白族。清末曾在四川为官，后从事反清、反袁革命活动，被孙中山任命为交通部长，晚年出任云南省图书馆馆长。对书法、楹联深有造诣，作品颇丰。成都武侯祠最著名的楹联“能攻心则反侧自消自古知兵非好战；不审势即宽严皆误后来治蜀要深思”，就是赵藩撰书。现在昆明大观楼所悬挂的最为著名的“天下第一长联”也是赵藩的书法作品（长联由清乾隆年间名士孙髯翁所撰）。

"利川永"
玻璃酒瓶
"利川永"
玻璃酒瓶
"长发升"
东汉
西王母俑
近代提装
大曲陶罐
清牙雕
酒令牌及盒
汉代陶田

1. 宜宾博物馆馆藏
2. 宜宾博物馆馆藏
3. 宜宾博物馆馆藏（石棺）

1 | 2

1. 宜宾五粮液长发升酒窖内部
2. 宜宾五粮液长发升

長發升

1. 宜宾武侯歇马石远景
2. 宜宾武侯歇马石

武侯歇马石

武侯歇马石，当地人俗称“太子石”，位于翠屏区南广镇南广河注入长江处的江心龙脊石。石刻长0.85米，宽1米，字径约10厘米，共7列，计50字。与清《庆符县志》记载相符并有所补充。铭文为：“开禧改元王正月，其日甲申。南溪令袁叔宜与客焦昌朝访武侯歇马之石。齿齿横流，真奇绝也。陈迹处（？）未有此游。举觞吊古而下。”

1. 宜宾武侯歇马石刻（墨拓）
2. 宜宾武侯歇马石刻

榨子母码头

榨子母码头，位于翠屏区南广镇陈塘关社区，俗称“迴澜峡”，是南广河航运的终点。码头长约200米，宽约25米，高度213米。榨子母码头遗址码头上留存文化内涵丰富，有多处石刻、水文标志、石梯步以及拴船只用的石鼻子。注入长江西侧的有多块巨石，枯水期时，巨石距江面约10米。其中最西最高的一块4米见方不规则形巨石南立面阴刻有繁体告示四行：“奉縣主設渡口界，上下舡隻只不得跕此”其中“縣”、“設”、“舡”、“隻”、“跕”为繁体，字径约17厘米。石刻右侧阴刻有方框形水文标志并标有“X”、“XI”罗马字样，“X”与“XI”之间相隔10个方形框，每一小格长、宽均为10厘米。在码头上有多处凿刻长短不一的梯步，最长的梯步有32级，宽由下至上40～80厘米，梯步最陡处高约55厘米。最短残存梯步为6级，每级高为20厘米，宽约90厘米。目前，崖壁内还残留有大小不一数十个拴船只用的“石鼻子”。

1 | 2 | 3

1. 榨子母码头古道全景
2. 榨子母码头古道台道
3. 榨子母码头古道台阶

公路修通前，从云南昭通至南广，中间要经过宜宾珙县的罗渡、曹营，昭通至罗渡、曹营，这条路全是山路，只能靠挑夫、马帮将货物运出，而曹营至南广二百多里水路，上游可以通木筏，中下游曾可通近五十吨的木船。可南广河入长江口约五里的河段落差极大，不能通航，也就是说，无论是长江的货要进高县、珙县或要进昭通，还是高县、珙县、昭通要进宜宾或到长江中下游的货，都要在南广左岸的河坎上近五里的陆路上作转运。这段路既是“叙昆大道”南广段，又是深入南广河中上游纵深地带的中转带。

榨子母码头，一方面云南的粮食、天麻、火腿、鸦片等物资通过这里运送到长江航道各码头；另一方面，盐巴、棉花等生活物资又从这里转运到云南。据南广镇上80多岁的老人们回忆，每天早上五六点，榨子母码头就已经一片繁忙，近千名挑夫吆喝、奔跑，小贩穿梭其间卖瓜子、花生，热闹非凡。

1. 榨子母码头近景
2. 榨子母码头脚窝子
3. 榨子母码头水文标志和设渡口告示

南广水井街

南广古镇

南广古镇位于宜宾市东南面、沿长江下游3公里处，南广河入长江处。南广古镇面积0.3平方公里，有顺江街、南江街、兴隆街等大小9条街巷。现居住户657户，居民1877人。整个古镇建筑面积有13 000平方米，其中，古街有古建筑5000平方米，均有百年历史。

古镇早在北魏时即有“南广口”之称，且古符黑水（南广河）上通汉晋南广县，故以“南广”为名。由于驿道和南广河水运便利且商家途经此地，于是依驿道两旁，便逐渐有了民房、客栈。该镇西汉时属僰道县，北周属外江县，隋唐时属开边县，宋宣和三年（1121）隶属庆符县。民国时设南广乡。1958年，南广从庆符县划归宜宾市（县级市），1964年又从宜宾市划归高县设南广镇，1983年，南广又再从高县划归宜宾市（今翠屏区）管辖。

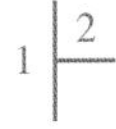

1．南广水井街古道
2．南广水井街水井

《华阳国志·南中志》在朱提南秦县云南镇雄县条下云“自僰道、南广有八亭（即邮亭、驿站）”，南广镇水码头新中国成立以后都一直使用，后因陆路交通更为便捷，其水上交通转换地的作用才终止。南广古镇街巷沿长江面，平坦而窄小，街巷两侧民房多半也较小，几乎没有门面。而沿南广河的街巷与沿长江的完全不一样。较大的四合院基本上都在这条街上。街巷、民居等建筑依山傍水，顺山势而建，具有川南特有的穿斗、立柱、小青瓦、两分水、石灰粉墙等特点，在随山势的自然台阶上，重重叠叠，让人感受到川南民居在工整和谐中富有变化的诗意。

1. 南广水井街墙基中的柱础
2. 南广水井街铺路用石刻
3. 南广水井街地面散落石刻

1 | 2 | 3

1．南广水井街道光十年碑
2．南广水井街石刻残件
3．南广古镇

赵场

赵场，北距宜宾城区约9.5公里。该场自古为宜宾陆路南下门户，设场于清代。晚清时期，宜宾赵场人薛焕，曾任两江总督。

新中国成立以前，宜宾的古道主要有两条，一条是叙昆大道，经南广、月江、龙洞、黄沙、庆符、高县、筠连至云南昭通、曲靖、昆明、大理。一条是川滇黔路，经南广、月江、沙河、花滩、珙县到云南镇雄，其分路经洞底、龙头、官兴、红桥、古宋、叙永到贵州毕节。另有7 条驿道：叙井路（亦名东大路）、宜犍大路、宜高大路、宜屏大路、宜富大路、宜盐大路、宜合路。赵场即是宜高大路的一段，经赵场、双河、来复、庆符至高县。目前赵场—高县段尚保存有15公里。这些驿道，大多依山形地势略加修整而成，多为泥沙路面，间断铺有石板，实际上是穿行于山岭田野的羊肠小道。在新中国成立以后的一段时期，仍然继续发挥作用。

薛家桥旁的赵太夫人坊，应也位于宜高大路旁。盖牌坊无非是宣扬品德，一般立于人流量较多的集镇或道路之侧，以便广为传播。这块赵太夫人坊为道光乙未年（1835）修建，光绪乙巳年（1905）改题，其子在咸丰元年（1851）辛亥恩科中副榜。修建和改题之间，相差了70年。而且牌坊上也仅仅列出赵太夫人是薛沄之媳、赵钟淳之女、薛启模之妻、薛凤翔之母，并无

1. 薛家桥
2. 薛家桥
3. 赵场牌坊

1. 薛家桥牌坊
2. 宜宾赵场古道

长篇歌颂，不知因何要在70年后改题。赵太夫人坊最具特色的是题联，撰书者从中央大员到地方官员都有，其中包括道光年间曾任内阁大学士、兵部尚书、礼部侍郎，又是著名书法家的卓秉恬，其题联为“逮事重堂袝德皆堪式训，能成独子苦心愈足褒嘉”；此外，还有内阁学士、四川提学使赵杰题联“纶绰新恩光荣阡表，孝慈旧德泽焕史编”；前詹事府花翎三品衔、叙州知府文焕题联“完大节以孝闻，丹诏九重天，国史旌扬光燓道；抚诸孤如已出，青灯三十载，母仪阡表绍陇冈”。其旁薛家桥上的“薛家桥”三字传为薛焕所题。

屏山

唐武德三年（620）置马湖州都尉府。至德二年（757）改置马湖部署。乾符二年（875） 建马湖镇平夷军于此。元为马湖路总管府治，明为马湖府治，清雍正后为屏山县治。

屏山全景

古城楼

马湖府古城楼，位于屏山县城。唐、宋时马湖部署驻此，即有简陋城池。元马湖路总管府修筑土城。明成化、弘治时均增筑土城，以加强城防。明隆庆中，始在旧城基础上修筑砖石城垣。古城墙全长2600米，高5米，厚3.3米，面以石板，雉堞1888垛。门有五，上筑楼。东名跃龙门，四可楼；西名翊凤门，怀远楼；南名朝阳门，揽胜楼；北名承恩门，拱极楼；另有小南门，得月楼。清嘉庆十八年（1813）增修聚福门、元天楼、魁星阁。1959年后，因修路和建房将南门、东门及城楼、城墙拆毁。现存小南门、西门、北门及片断城墙墙基。

1｜2

1. 翙凤关附近吊脚楼
2. 翙凤关

万寿观

位于屏山县城郊。万寿观系宋熙宁二年（1069），马湖郡守安静创建。占地6000余平方米。原有大殿五重，曰：天师殿、天王殿、玄帝宫、三清宫、通明殿。今存玄帝宫及配殿三霄殿。玄帝宫为重檐歇山顶，见于高台之

上，平面略呈方形，边长11.5米。其正面墙和台基均被藤蔓植物覆盖，具体形制不明。内柱粗大，直径0.7～0.8米，柱础有櫍，殿内、外各异，尤以前方斗拱为奇，五踩重拱偷心造，下层前八朵相连，转内五挑，由十二小拱组成共六十朵，十分华丽。翼角平出，更显得古朴壮观，全殿均用楠木构造。现大殿二金擦上有题记："大明弘治四年（1491）培修。"

万寿观原系道教住持，明嘉靖《马湖府志》说：明代马湖府所属掌道教的道官——道纪司就设置在观内，府属官员岁时祝福祈寿于此，因此命名。

1 | 2

1．屏山万寿观
2．屏山万寿观

1. 屏山万寿观
2. 万寿寺大雄宝殿重檐

万寿寺

位于屏山县城东1公里，前临金沙江，背靠锦屏山，依山而建，坐北朝南。有山门、大雄宝殿、观音殿三重大殿，占地约2000平方米。主建筑大雄宝殿，建于台基之上，台边缘饰有栏杆，台基为须弥座式。平面略呈方形，每边长11.5米。重檐歇山顶式，面施黑、绿、黄、灰四色琉璃筒瓦。建材多为楠木。内金柱粗大，斗拱施彩。殿前悬挂清代南溪书法家包弼成题写的“大雄宝殿”匾额，字浑厚雄劲。大雄宝殿位于观音殿前台坎下，两殿相距二十余米。

观音殿宽11米，进深11.9米，建造有其显著特点：一是当心间用斗拱挑成八角藻井，向上叠架至屋顶，与元代至正年间建造的间中永安寺藻井做法相似。藻井四周梁柱均涂饰彩绘，藻井顶部嵌置直径1.2米铜镜一面，极照在高有丈许、端坐莲台、周身饰金的扬枝观音头上，使当心间显得高敞奇丽，惜“十年浩劫”中塑像被毁；二是上檐斗拱做法奇特，四周全用斗拱叠架成网目状花纹，使整个观音殿显现出玲珑明快的格调，这种做法，四川其他地方还很少见；三是梁架正脊两端各有一个“叉手”，斗拱后有“替木”，这种做法，唐、宋时才有，明代已不多用。现观音殿右墙壁上，尚存彩色“壁塑”神像多躯，像高1.5米，神态飘逸，颇为珍贵。

明嘉靖《马湖府志》说：万寿寺是明代马湖府掌佛教的僧官——僧纲司正都纲住所，是开堂设戒的选佛场地，郡守常率官吏在此举行庆祝大礼。佛门香火，盛极一时。因取“祈求福寿”之意，故名。寺的始建年代，记载不一。观音殿藻井上嵌一面铜镜，铸铭曰:“万福寺，明成化二年制镜”。故可知寺的始建时间不晚于这个年代。相传，明宣德年间（1426~1435），术士张三丰因避皇帝召见，云游至屏山，常游万寿寺。《屏山续志》载：张三丰曾在万寿寺前金沙江畔题留石碑一通，后人在该处建亭，将石碑树于亭内，名曰“三丰亭”。现亭毁碑存。碑高2米，宽1.2米，中刻“太平石”三字，两侧一刻“山高月小”，一刻“水落石出”。

1．万寿寺外景
2．万寿寺观音殿明代壁画
3．万寿寺观音殿明代壁画
4．万寿寺大雄宝殿

东关

东关，原名龙关，位于县城东。现残存关门门洞，门洞下有碑两块，一为《龙关楼铭》碑，一为《修靖边楼记》。现存石坊三，一曰于公庙坊，立于“显应祠”前，中刻“于公庙”三字，建于明嘉靖丁酉（1537）岁季夏，马湖府知府关西杨本源书；二曰“守贞遂志”坊，建于清乾隆己卯（1759），为旌表节妇任应孝妻王氏之坊；三曰“彤管流辉”坊，建于清乾隆己亥（1779），为旌表孝节邑民任相之妻李氏之坊。此外还建有龙耀阁，现已局部坍塌，砖上有铭文“龙耀阁”，显系专为修此阁烧制。

1. 锦屏镇龙门关关口
2. 龙跃阁
3. 龙关楼铭
4. 修靖边楼碑

1｜2/3

1. 锦屏镇牌坊（大门以上部分）
2. 锦屏镇牌坊（大门部分）
3. 龙跃阁细部

XUNZONG
WUCHI AO

楼东

楼东极小，总共只有两条街道，一条便是明清时期即已成型的老街，一条是与老街平行的“新街”，为新中国成立后逐渐建成。老街不过两三百米长，是一个典型的廊坊式场镇，两旁均为明清建筑，基本保持原有风貌与格调。原本通街都铺着厚厚的青石板，石板下是常年水流不断的暗沟，后局部翻改为水泥路面。比较完整的建筑为凌家祠堂，万寿宫目前仅残存牌坊。

楼东古镇

1. 凌家祠堂大门楹联
2. 凌家祠堂西式大门

专卖店
屏山楼东海尔
机 电视 手机 电话：5820115 13094592518 服务
金虎招财财源广
福
福
福

1．凌家祠堂的戏楼
2．凌家祠堂戏楼的天花
3．楼东刘文辉题匾

一鄉善士

楼东万寿宫牌坊

万寿宫

位于楼东乡。坐北向南，占地约2500平方米。建于清道光十一年（1831）。宫前建牌楼沙门，后建单檐歇山式戏楼，中一坝子。主殿庑殿建在两米须弥座上。两侧有厢楼联结戏台，是一典型的四合院寺庙。大沙门牌楼为一四柱三门重檐歇山式牌楼，汇砖雕、石雕、镌瓷碎片于一体。中置一匾“忠孝神仙”四字。牌楼后以女儿墙依托加固，并有半坡屋面。戏楼以粗大石柱为料，四角高翘，风铃摇曳，内饰天花，施彩艳丽。现仅存牌楼。

1. 叫化岩发掘探方
2. 叫化岩出土陶杯

叫化岩遗址

位于屏山县楼东乡沙坝村三组，地处金沙江北岸一、二、三、四级阶地。2009年6－9月，为配合向家坝水电站建设，对叫化岩遗址进行首次发掘，发掘面积2000平方米。本次发掘的遗存主要集中在三个时期：新石器时期、战国晚期－西汉早期和明清时期。共清理房址11座，墓葬16座，灰坑27个，灰沟2条，灶1座。出土各类遗物共计563件组。

出土1件陶杯，夹砂红陶，侈口，直腹，平底。外施交错绳纹。口径5.1厘米，底径3.0厘米，高4.55厘米。（刘志岩 撰）

横江

横江，水路通衢之地。位于横江河畔，关河（横江上游云南境内段）从云贵高原乌蒙山脉间奔腾而至，元世祖至元十三年（1276）即在横江设水驿站。明洪武九年设巡检司。宜盐大路必经之地，主要走向为从宜宾经柏溪、安边、横江、黄葛堡、捧印、同心场、太平场、滩头、普洱、深溪坪、临江坳至盐津。清代专于此设“京铜转运局”、“四川盐务官运张窝分局”，为川滇物资集散地。

清嘉庆时，横江已成为川南著名的商贸大镇，有大街7条，小街10条，会馆、庙宇17座。此外尚存“凉梯子古道”一段，包括石条砌建的700米长古道和乾隆二十五年、同治四年、光绪元年三块修路碑。此处，水路、老路、铁路、高速公路也在此交汇，形成天然的交通博物馆，而峡谷之侧的山间，即是蜿蜒曲折的古道。

1. 横江古道
2. 横江修路碑
3. 横江古道
4. 横江古道和碑

1	3	
2	4	5

1．横江泰山石敢当
2．横江修路碑
3．马店外墙
4．横江老街
5．马店

思红
东大们
泽伟我一
毛的

高县

高县为秦五尺道、汉南夷道、唐石门道的必经之地。曾出土西汉早期的半两钱范（现藏宜宾市博物馆）。

半两钱范

石范母范母石呈赭色，质为砂岩，其状呈长方形。长25厘米，宽18.5厘米，厚5厘米，直径2.7厘米，有部分残缺。范母正面有钱范4排，每排7个，共28个。每4个范连通，形成一道铸槽。断面颜色由深到浅，层次清楚，磨损程度较重，可见是屡经高温浇铸。钱范直径均为2.7厘米。钱文为阴文小篆“半两”，为吕后“八铢半两”之范。1980年初出土于高县文江乡水红村点灯包。

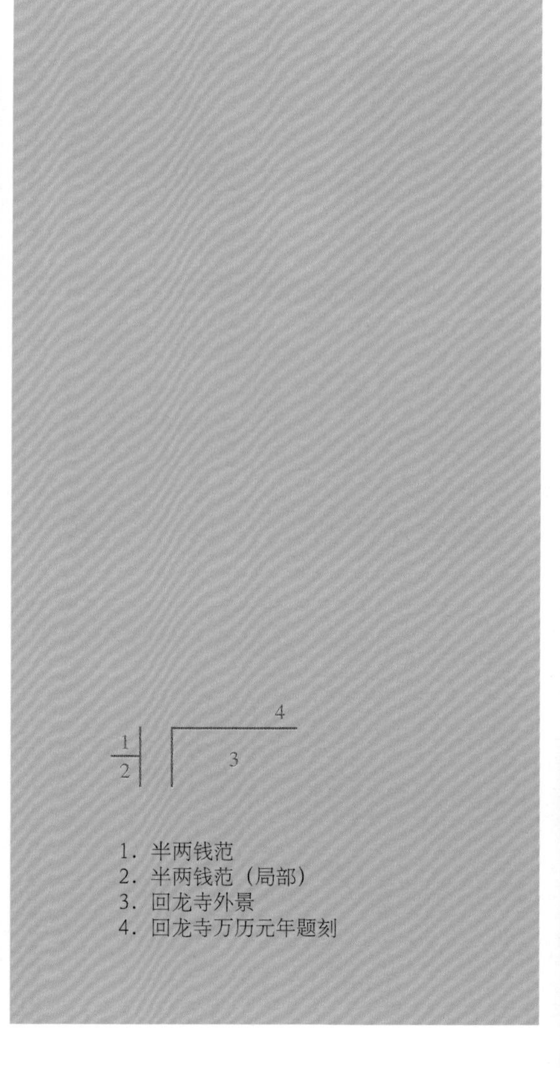

1．半两钱范
2．半两钱范（局部）
3．回龙寺外景
4．回龙寺万历元年题刻

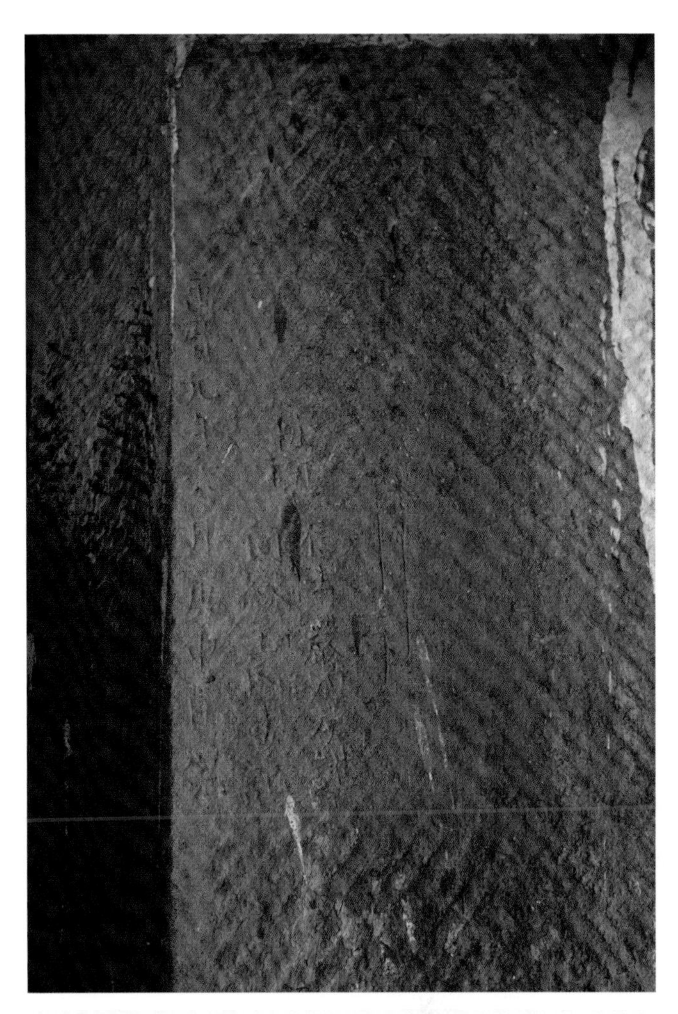

回龙寺

回龙寺位于高县庆符镇黄桷村6组，前临二夹河，后依黄桷坡，占地1450平方米。寺座东向西，正殿为木结构悬山式顶，抬梁式和穿斗式混合梁架。檐下施斗拱6朵，五铺作昂尾直挑平榑，六架椽前后乳栿搭牵用四柱，减柱造，面阔五间17.3米，进深四间10.5米，素面台基1.5米高，七级阶梯式踏道。明间石柱上刻“万历元年六月庚申日完”。清乾隆二十七年（1762），清道光七年（1827）两次维修。今存前殿、正殿和两侧厢房，结构完好，屋顶完整，主体结构尚存，具有典型的明代建筑风格。门厅及两侧厢房为后期人为改动、拆建。

1 | 2 / 3

1．高县文昌宫
2．文昌宫牌坊
3．高县路边的碉楼

文昌宫

清晚期到民国建筑，川南最漂亮的祠堂。祠堂的大殿内部有几根将近六米高的石柱。戏台、两侧二层的厢房连成的回廊，再围成四合院。其最具特色的，还属屋檐下、厢房底层外与二层走廊间起支撑作用的、雕刻精美的斜撑。斜撑在川南宜宾地区比较常见，其他地方则很少见，主要用作对屋檐出檐的支撑。梁思成先生在川南考察时注意到这种现象，并认为这可能是斗拱的滥觞。斜撑一般比较朴实，像这样雕琢的还比较少见。

石门题刻

石门题刻位于高县城北3公里石门山麓岩壁上，今可辨者，皆为明清题刻。石门子大石上距地面约4米赫然题刻 “勒愧燕然”四个大字，刻跋云：“蜀乱纷纭，石逆来而益剧。予统军自楚赴援。先后攻克长宁、高县及沙河驿、双龙场等。豎巢转战于叙南为多，留戍亦于叙南为久。今幸边患稍息，部将数请记其事，予免从之，非示功也，亦以寄鸿不云尔。同治二年岁癸亥孟夏月，总翼长统领楚蜀水陆兵勇、布政使司鼓勇巴图鲁，刘岳昭书并跋。”

其左有无名氏五言诗一首：“江石悠然在，三才镇世间，道德长春古，名利不如闲。”剥蚀较重，几难确认。当是石门较早的题刻。

其旁边还有五言排律一首：

世路荆榛迷，当道豺狼吼。
满目干戈横，壮士牛马走。
叙南石门关，似擘巨灵手。
层山塞其前，湍流绕其右。
云根动地开，日脚射泉纽。
征夫苦经过，行行重回首。
西蜀天下险，此险复何有。
不有大将才，谁作长城守。
我从亚夫营，剑气冲牛斗。
恨不乘天风，倾刻扫尘垢。
一剪荆榛平，再造干戈后。
还从赤松游，放歌时纵酒。

——“粤人林肇元题壁”

据《庆符县志》载，林肇元系刘岳昭之下属，同治年间，随刘追剿太平军路过石门时题诗于此。

1. 石门子勒愧燕然远景
2. 石门子题刻
3. 石门子题刻

罗场岩墓群和岩画

罗场明代岩墓群位于罗场乡宋江河岸的棺材石和岩洞口一带岩壁上，前临宋江河，距河面35米。共16座，均单室、横穴，东向无墓道。其规格形制大致相同，墓门上方刻“ # ”形凹槽，下有浮雕“二龙戏鱼”图，墓室长1.9～2.1米，高0.75～0.8米，进深0.68～1.2米。墓群多数刻有图像，墓门左侧有浮雕人像，高约1.1米，宽约0.7米，戴笠形帽，着“V”形领贯头衣，下着复膝花边裙，缠腿，着履，左手持一牛角，右手握帚；墓门右侧阴刻人物雏形，双影，显系浮雕人物初刻，下有题记“洪武十四年辛酉年七月初七佳日立辛酉年”，直列4行，共18字。

崖墓下的岩石上，绘有不明时代的岩画，有黑彩的，也有仅仅阴线白描的。估计黑彩的年代较早，约在明代或明代以前，白描的可能多系后来的好事者为之。罗场岩画题材丰富，生活气息浓郁，有划船、打鱼、跳舞、打猎、舂米等，完整地再现了一些生产或生活场面。

1. 罗场悬棺
2. 洪武十四年题刻罗场崖墓
3. 高县革命委员会僰人岩墓保护碑

1. 罗场岩画（猎鸟）
2. 罗场岩画（舂米图）
3. 罗场岩画（划船图）

1	3	5
2	4	6

1．罗场岩画（跳舞图）
2．罗场岩画（跳舞图）
3．罗场岩画（狩猎和捕鱼）
4．罗场岩画（狗）
5．罗场岩画（狩猎）
6．罗场岩画（牛）

筠连

筠连为此次“五尺道—石门道—盐道”考察中古道发现最多、保存最好的一县。这与筠连自身的地理条件也有关，按民国县志记载：“本县定川溪不通舟楫，陆路交通，全恃舆马。”民国时期的驮马道，一是叙昆马道，从宜宾起程，经庆符、黄水口、落润、罗场、海银、筠连城、塘坝到云南盐津，通往昆明；一是筠彝驮马道，从筠连城起程，经巡司、武德、蒿坝到云南牛街，通往彝良。此次考察中发现的两条重要古道，一条为高县到筠连的凌云关古道，另一条即是筠彝驮马道的筠连—巡司段。

筠连凌云关古道最重要的发现是关楼，修于明代的凌云关在当地又名御风亭，位于筠连县筠连镇犀牛村一社。关卡坐西南向东北，占地面积为120.7平方米，此关横坐于高县到筠连县两县交界处的一个山坳上，是进出筠连的四大关口之一。呈长方形的关卡墙体用石块砌成：外墙长17米，外宽7.1米；内长14.5米，内宽3.8米。关卡南北有三道门框，均用条石砌成，卷拱形，门已毁坏，现存门闩孔。“两道进入关卡的大门，一道出关大门。”原来关卡一面墙上的门框上面有“凌云关”三字，现由于风化字迹已看不清楚。

筠彝驮马道的筠连—巡司段最重要的是道路保存完整，可从中窥知古道的修筑方式。此段古道宽1.54～2.5米，全程存约1.7公里。古道内侧直接在基岩上开凿，如果开凿的宽度不够，则在外侧砌保坎，中间铺石块。部分开凿的路面外侧毁损后，在外侧向下补凿路面，使内侧的路面高起。

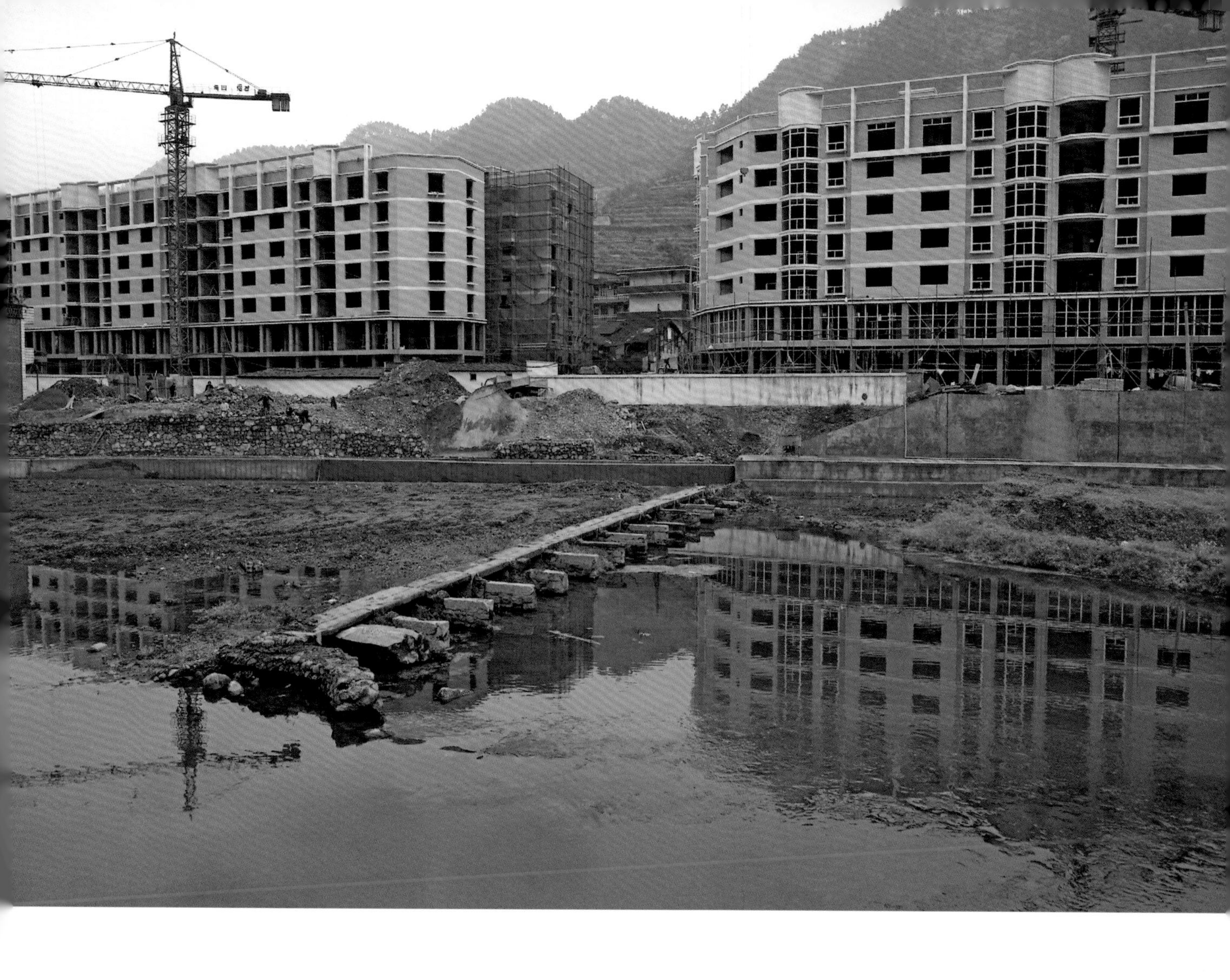

1. 濒危的老房子——�连廿二孔桥旁
2. 万寿桥全景（2010.4）
3. 万寿桥
4. 万寿桥（2009.5）

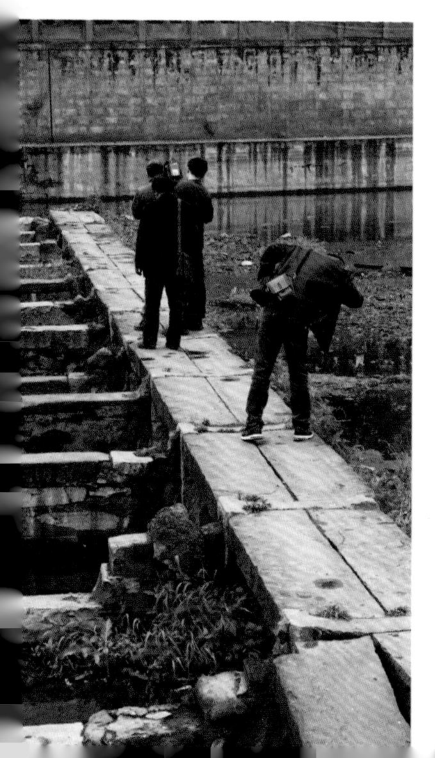

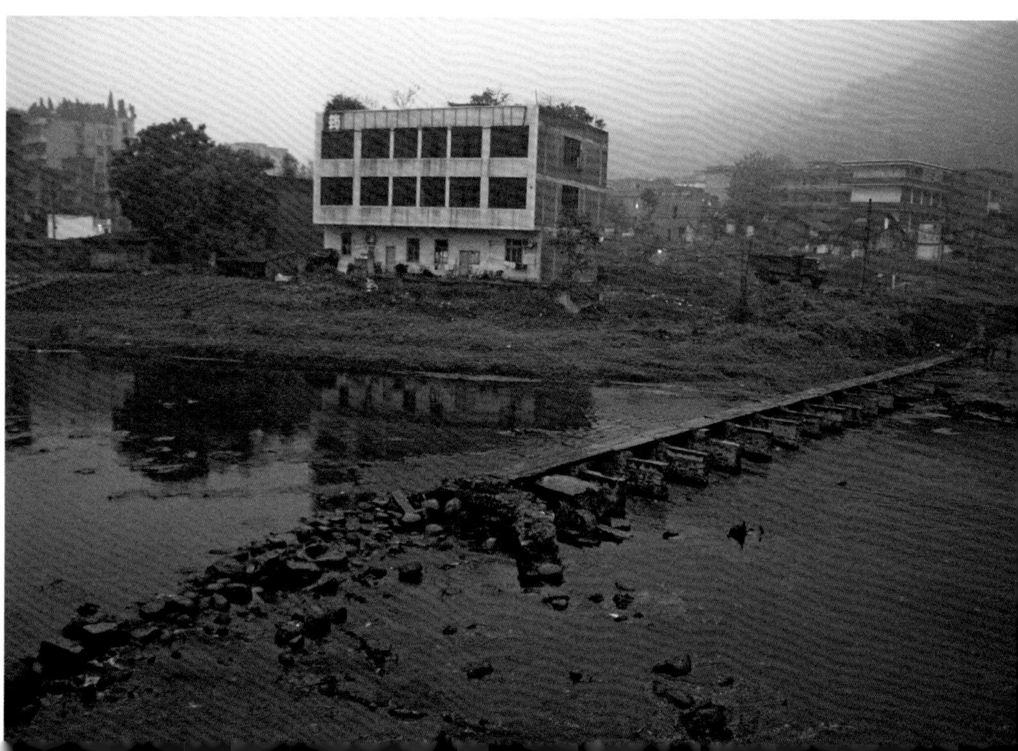

1. 筠连-巡司段古道卡子远景
2. 筠连-巡司段古道卡子中景

1	3
2	4

1～4. 筠连–巡司段古道

1. 筠连-巡司段古道远景
2. 当地人行走在筠连-巡司段古道

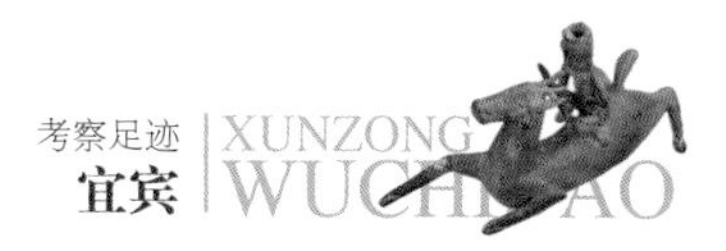

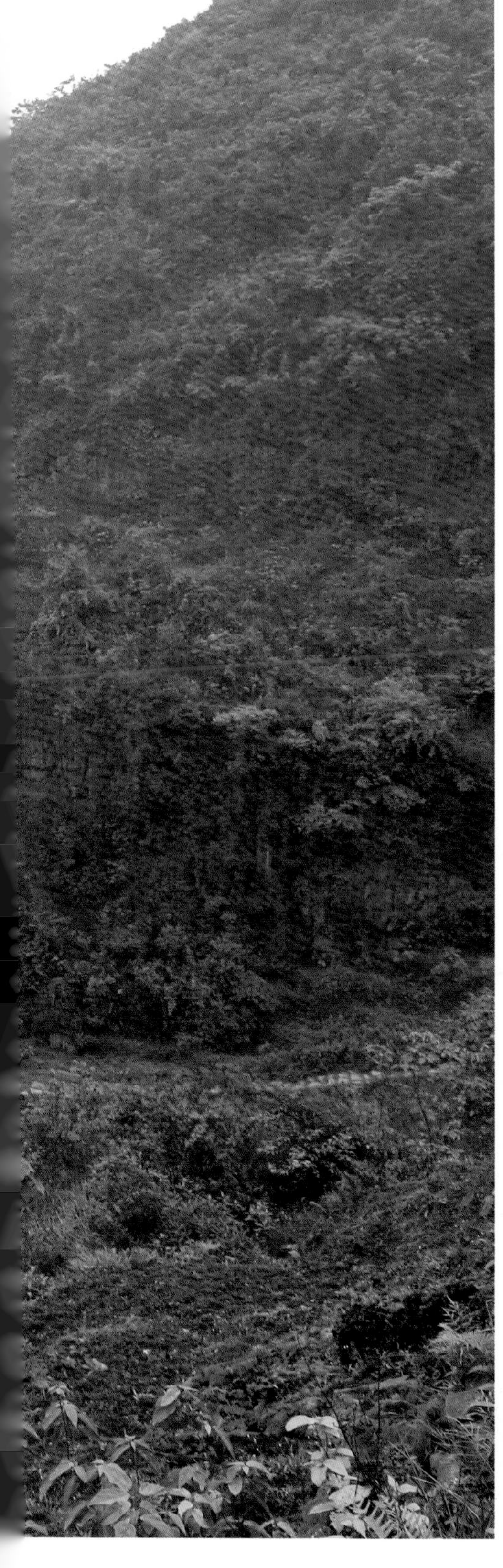

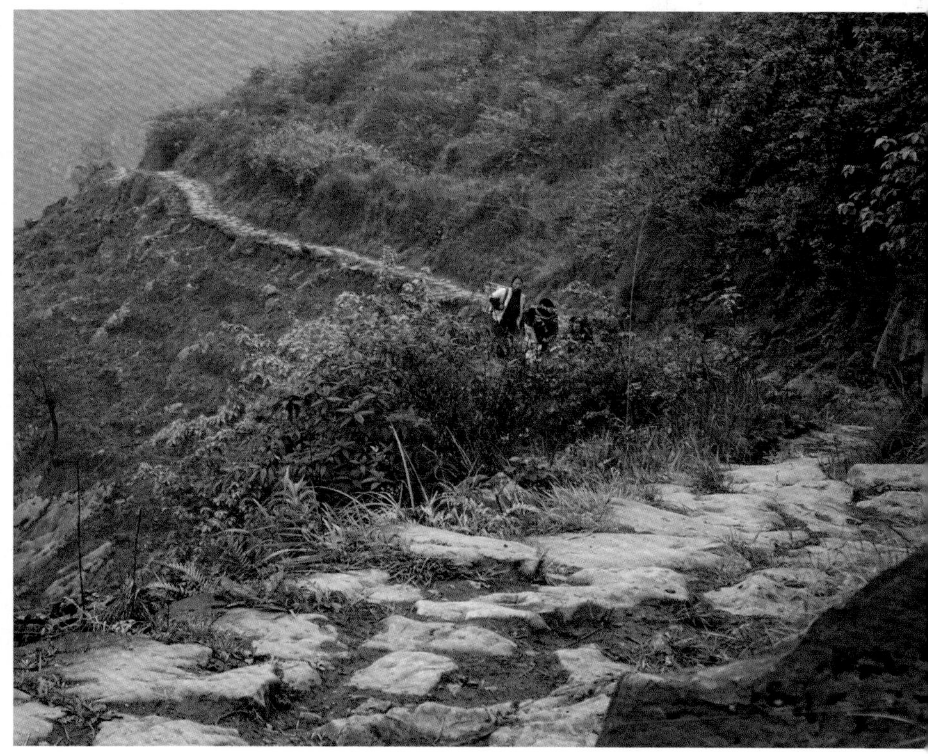

1 | 2 / 3

1．筠连–巡司段古道
2．筠连–巡司段古道凿痕
3．筠连–巡司段古道路面特写

1．筠连−巡司段古道多次利用路面
2．筠连−巡司段古道
3．筠连−巡司段古道台阶凿痕
4．筠连−巡司段道旁凿痕特写

1
2 | 3 | 4

1. 筠连－巡司段扛甘蔗的老人
2. 筠连－巡司段古道
3. 筠连－巡司段古道和排水沟
4. 筠连－巡司古道局部

1．�

1．筠连金钟寨内碉楼
2．筠连金钟寨残垣
3．筠连金钟寨内侧

1. 筠连金钟寨正面
2. 筠连镇侧面特写
3. 筠连金钟寨侧面远景

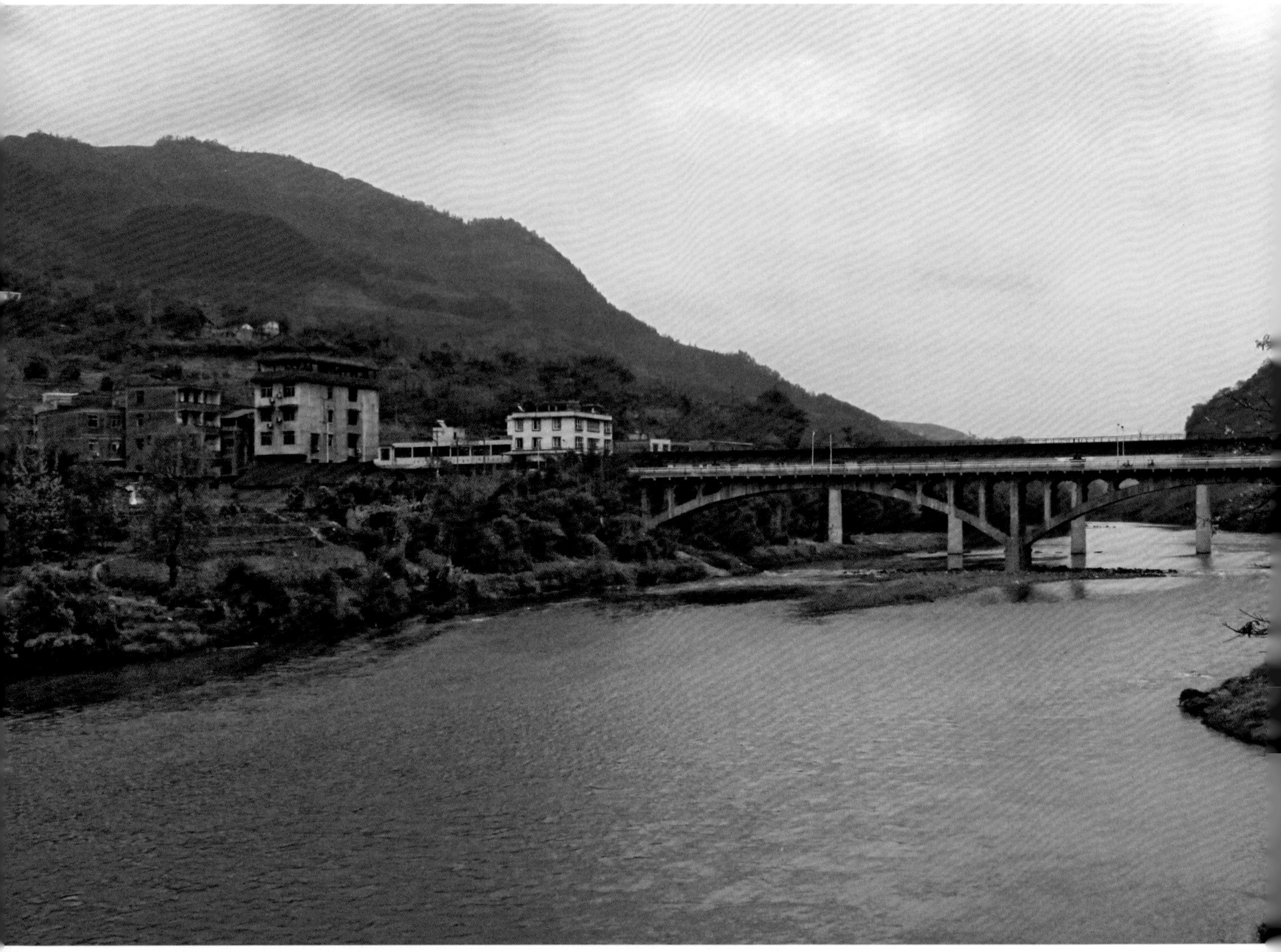

1. 腾达老码头
2. 筠连腾达王爷庙（南川巨镇）

筠连腾达王爷庙

筠连交通侧重陆路，唯一能通航的是南广河及其支流镇舟河，镇舟河即在腾达汇入南广河。所以，腾达可谓是筠连的水运中心。腾达码头旁一街之隔即是王爷庙。镇舟河险滩甚多，枯水、洪水均要停航。南广通航河段有沐滩、趱滩、南广三处险滩，不能直接通航，故称罗兴渡至沐滩为上站，沐滩至趱滩为中站，趱滩至南广为下站。上站船只航至沐滩，用人力陆运搬滩，转入中站船只。航至趱滩，复用人力搬滩，转入下站船只，航至南广，再用人力搬滩，方可转入长江船只。因中转多，时间长，耗费大，运输成本高，运输风险大，故船主和水手在腾达和南广都集资修建了王爷庙，以祈求平安。当年腾达码头每天过往大小船只上百艘，商贸繁荣，建有九宫十八庙，王爷庙为其中之一。今仅存前殿，为清道光年间修建，后殿毁于大火。前殿有楹联："楚道乐中流，圣泽光昭符黑水；犀山遥拱翠，神威显赫镇腾龙"，横批"南川巨镇"，当年繁华，可窥见一斑。

筠连腾达土司衙门遗址全景

1. 筠连腾达土司衙门明墓外景
2. 筠连腾达土司衙门墓群墓道口
3. 专家考察筠连腾达土司衙门墓地

XUNZONG
WUCH AO

1 | 2

1．土司衙门明墓雕刻
2．筠连腾达土司衙门雕刻残件

1. 凌云关关楼筠连面
2. 专家考察凌云关

1 | 2 | 3

1．凌云关关楼内部
2．凌云关单门内侧
3．凌云关高县面

XUNZONG
WUCH AO

1 | 2　1、2. 凌云关前古道

XUNZONG
WUCHIDAO

塘坝老街

塘坝古镇

川滇古道上重要休息站之一，与云南一沟之隔，旁有小河名廉溪，廉溪上一列大石块排成简易跳墩桥。宜盐公路修通前，塘坝马店林立，热闹非凡。民国三十一年（1942），徐旭生由宜宾至昭通，就途经塘坝，并在塘坝住宿。1959年，公路修通后，塘坝衰落。但正是这种衰落，使塘坝的风貌得到了较好的保护，古街上现在还存在至少35个店铺。

1. 塘坝打铁铺（打铁场景）
2. 塘坝木楼上的毛主席语录

考察足迹
——昭通

盐津沙溪沟口崖墓

盐津

盐津境内路段可以豆沙关分为两部分。豆沙关以北，虽道路也主要是沿关河两岸，但地势略为平坦。过豆沙关后，开始向云贵高原爬升，关河两岸崇山峻岭，车行于公路上，抬头看两边的山势险要，不禁心生“路在何方”的疑问。《华阳国志·南中志》载：“自僰道至朱提，有水、步道。水道有黑水及羊官水，至险唯行。步道度三津，亦艰阻。故行人为语曰：犹溪、赤木，盘蛇七曲；盘羊、乌栊，气与天通。看都护沘，住柱呼尹，庲降贾子，左儋七里。又有牛叩头、马搏颊坂，其险如此。”袁休明《巴蜀志》云：“高山嵯峨，岩石磊落；倾侧萦回，下临峭壑；行者扳缘，牵援绳索。三蜀之人及南中诸郡以为至险。”

盐津附近有高桥古道，于山腰处、两山之间，直接修拱桥联通。路为基岩上直接开凿的阶梯，部分开凿痕高达5米。路桥保存状况非常好，道路长约500米。高桥距其下小溪水面（枯水季）高21米。

此外，桃子村可见一段较长、较平缓的道路，部分凿于山体内。由于道路局部封闭，推测不可能为纤夫拉纤时所行之道，而是另有他用。台阶之旁可见一排栈孔，基本水平，由于无法过河，所以未做进一步考察。但需注意的是，道路同侧用保坎垒砌一块较为平整的地方，据介绍和当初内昆铁路有关，具体情况也不是特别清楚。相距不远是由三段梯步组成的龙孔坡古道。其中一段较陡、较长、较高的台阶，道路最下台阶没于水面之下，另一端越过绝壁，翻上其旁矮山的山顶。相距约500米，可见另两处较短、较矮的台阶，已隐于乱石丛中。河对岸山崖壁立千仞，突兀地出现这三段有头无尾的梯步，甚难解释。

1．盐津高桥古道
2．盐津高桥桥面和五尺道
3．盐津高桥远景

1	3
2	4

1．盐津桃子村栈道孔
2．盐津龙孔坡台阶
3．盐津桃子村长台阶坡道
4．盐津龙孔坡台阶

豆沙关

豆沙关行政上属盐津，但是由于其文物古迹众多，所以单列介绍。豆沙关以古道、袁滋题刻、僰人悬棺而声名远播。但是由于宣传较多，故只作简要介绍。

古道，现存长约350米，宽1.7米，是迄今秦五尺道上保留最长、最完好、马蹄印迹最多（243个）的古驿道。在豆沙关古道，有幸发现了一段有早、中、晚打破关系的古道。这段古道不长，如前介绍，在基岩上凿路，不同于在泥土上夯筑。路面破坏后，一般选择是继续往下凿出新的路面，而根据一般的使用规律，内侧的路面一般保存较好，外侧的道路容易出现损坏。所以可见早期的路面高出地表，越低越晚。

1 | 2 / 3 | 4

1. 豆沙关早期古道
2. 豆沙关古道多次利用路面
3. 豆沙关古道
4. 豆沙关古道

1 | 2
3 | 4

1．险要豆沙关水道图
2．豆沙关五道并存
3．古道不同时期路面
4．豆沙关古道的马蹄印

XUNZONG
WUCHIDAO

五尺道豆沙关

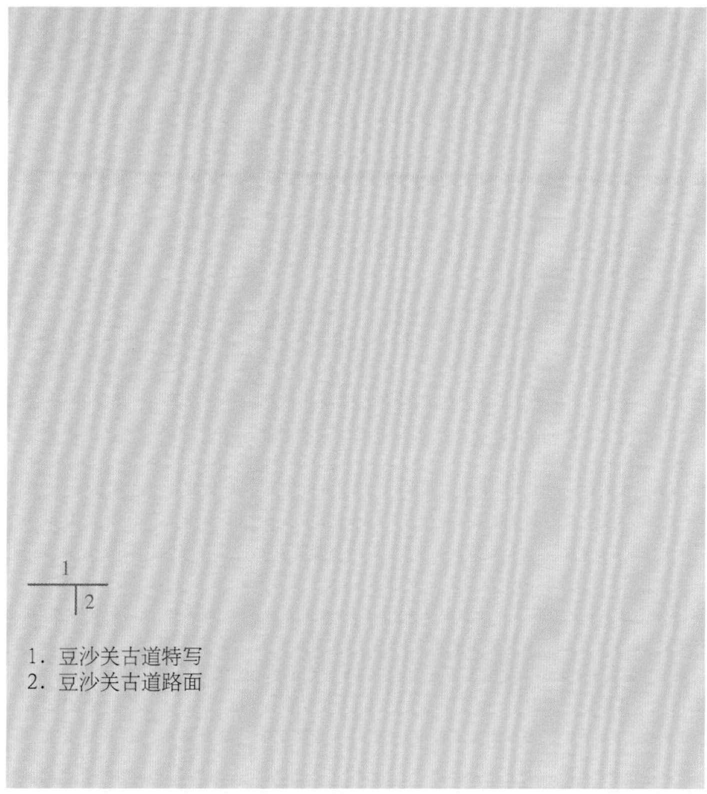

1. 豆沙关古道特写
2. 豆沙关古道路面

袁滋题刻，为唐贞元十年（794），御史中丞袁滋奉命赴滇，册异牟寻为南诏，途经石门关，为纪其行，特摩崖题纪。摩崖面积0.44米×0.36米，自左至右，全文直书八行，每行3~21字，左七行字为楷书，末行“袁滋题”三字为篆书。是西南边疆文献中不可多得的实物资料。它有“维国家之统，定疆域之界，鉴民族之睦，补唐书之缺，正在籍之误，增袁书之迹”的重大历史作用。摩崖原文：“大唐贞元十年九月廿日，云南宣慰使内给事俱文珍、判官刘幽岩、小使吐突承璀、持节册南诏使御史中丞袁滋、副使成都少尹庞颀、判官监察御史崔佐时，同奉恩命，赴云南册蒙异牟寻为南诏。其时节度使尚书右仆射成都尹兼御史大夫韦皋，差巡官监察御史马益，统行营兵马，开路置驿。故刊石纪之。”

1. 对开的石门（无公路）
2. 修补的石门道
3. 豆沙关袁滋题刻

大关

大关垴古道

大关垴古道遗迹位于大关县寿山乡。此地为一山峡，地势险要，长约10公里，峡高600余米，东西两岸峭壁陡坡。现存古道约700米，古道以块石平铺地面，两边为居民住房，均石砌而成。部分建筑毁于火灾。

1．大关寿山乡大关垴古道
2．大关寿山乡大关垴古道

1．大关寿山乡黄家营盘钉马掌
2．大关寿山乡大关垭古道马蹄印特写
3．大关寿山乡黄家营盘钉马掌特写
4．大关寿山乡大关垭古道特写
5．大关寿山乡大关垭古道

XUNZONG
WUCHI AO

大关寿山乡黄家营盘

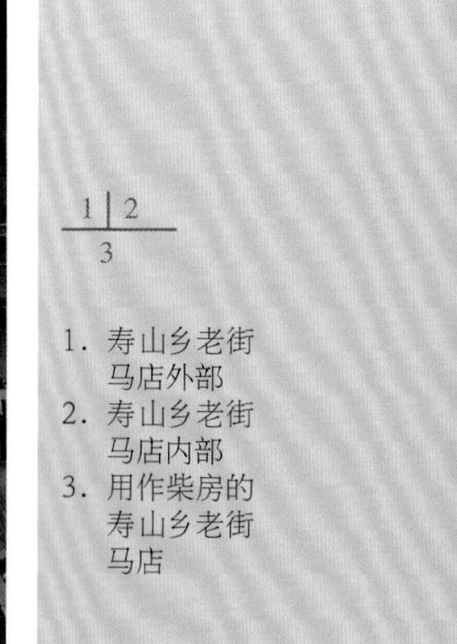

1｜2
3

1. 寿山乡老街马店外部
2. 寿山乡老街马店内部
3. 用作柴房的寿山乡老街马店

大关寿山乡黄家营盘老街

永安桥

在黄葛乡街镇东北100米处有座铁索桥，连接川滇古道。桥原为竹藤索桥，清道光十三年（1833）改建为铁索桥，后又加以修复扩建。桥长40米，宽2.5米，由10股铁索组成；每股铁索又由直径10厘米、长约1米的熟铁环相扣成链。桥底设6股平行铁索承载桥面，上设4股铁索以承吊桥身，并兼作护栏，桥侧面用铁棍交叉为栏杆，桥身距水面8米。桥畔立一方形石柱，上刻楷书“永安桥”。

1．大关永安铁索桥题刻
2．大关永安铁索桥

永善

清朝雍正六年（1728）二月，云贵总督鄂尔泰于米贴设县，并委任知县、教谕、典史，分驻昭通镇标右营游击，抚驭乌西一带；适值米贴土目禄永孝死，其妻禄氏掌管其地，抗不服调。同年二月初一日，鄂尔泰遣援剿左协副将郭寿域领兵300往谕，初五日抵米贴。禄氏表面归服，暗地谋反，于二月十二日夜半，率四川沙马、黄琅土司和吞都德昌土司、彝目毛脸乌基等聚集1000余人叛，寿域被害，士兵300仅有一甘姓幸存，奏报鄂尔泰，鄂尔泰大怒，派大将张耀祖、哈元生、卜万年率兵分三路进剿平之，并由朝廷钦命县名为“永善”，意为永远服从管教。永善曾出土铜釜、蜀郡铁锸。

1. 蜀郡铁锸
2. 铜鍪
3. 永善文物

1. 五尺道黄华古镇
2. 五尺道黄华老街

黄华镇，属永善县。现存古街一条，即现在的黄华立街。兴起于清初，由于地处金沙江运铜驿道上，最初有几户人家为过往客商开设豆花小店，此后逐渐成为黄华的政治、文化中心。街道狭长，由北向南顺山梁而建，北高南低，长约700余米。街面全由石板铺就，由一级级的石阶和一段段的石板平台组成。由于年代久远，石板已被磨得光滑圆润。街道两旁是百姓居住的房屋，原来全是土墙瓦房，从高处望去，层层叠叠，颇有韵律之美。现在有部分人家改建成了砖房，街道已发展到1500米长，整条街道透着古老与沧桑。

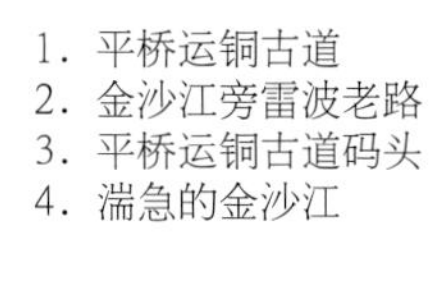

1. 平桥运铜古道
2. 金沙江旁雷波老路
3. 平桥运铜古道码头
4. 湍急的金沙江

XUNZONG
WUCHIAO

昭通

位于云南东北部，北与宜宾、凉山为邻，为“五尺道—石门道”的必经之地，素有“锁钥南滇，咽喉西蜀”之称。昭通以昭鲁坝子为中心，蜀文化和中原文化向云南传播和扩散的第一站即为昭通，昭鲁盆地是云南古代人口最为聚集的四大盆地之一（滇池、洱海、曲靖、昭鲁）。其间分布着与鸡公山文化接近的诸多遗址，最有名的当属野石山遗址，此外还有昭阳区的官坐山遗址、官事地遗址、黑泥地遗址等同类遗址。此外，水富张滩战国西汉土

1．朱提郡残存的城墙夯层
2．朱提郡残存的城墙
3．朱提郡址采集的陶器把
4．朱提郡城址采集的瓦当

XUNZONG
WUCH AO

坑墓中包含了较多的巴蜀文化因素。汉武帝时，重开“南夷道”，汉文化南渐，迅速与昭通本地文化融合。汉及汉代以后，昭通的土坑墓、崖墓、梁堆体现出鲜明的汉文化因素和当地土著文化因素，体现了二者的交流融合。

此外，昭阳区近郊的朱提郡址，尚存一小段夯筑城墙，地面遍布绳纹板瓦，若仔细寻找，还可找到汉代的筒瓦和汉砖。而据传为诸葛亮曾驻兵的诸

朱提郡址

葛营城址，地面上亦可见绳纹板瓦等遗物。只是由于破坏过甚，地面未见城墙等相关遗迹。

昭通文物管理所藏的巴蜀印章、“建初元年”双鱼铜洗、铜仙人骑鹿俑、博山炉等文物，体现了昭通地区和四川的联系。并且毫无疑问，作为两地联系的载体，就是我们这次考察的重点——五尺道。

鲁甸

鲁甸县位于云南省东北部，昭鲁盆地南部边缘。牛栏江由县境南侧流过，蜿蜒向西北注入金沙江。野石山遗址西距县城约3公里，其西北背依野石山，东南临白泥沟，地处山麓缓坡地带，海拔约1930米，分布面积约1平方公里。2002年4～6月，经国家文物局批准，云南省文物考古研究所会同昭通市文物管理所、鲁甸县文物管理所对野石山遗址展开了发掘。揭露面积425平方米。野石山遗存是滇东北与黔西北之间以昭鲁盆地为中心的一种青铜文化遗存，这种遗存的相对年代应当介于该地区鸡公山文化与红营盘遗存之间，并可能更接近于鸡公山文化。

鲁甸野石山遗址全景

1. 鲁甸文管所馆藏铁器
2. 鲁甸野石山出土陶流
3. 鲁甸文管所馆藏汉砖
4. 鲁甸野石山出土陶罐

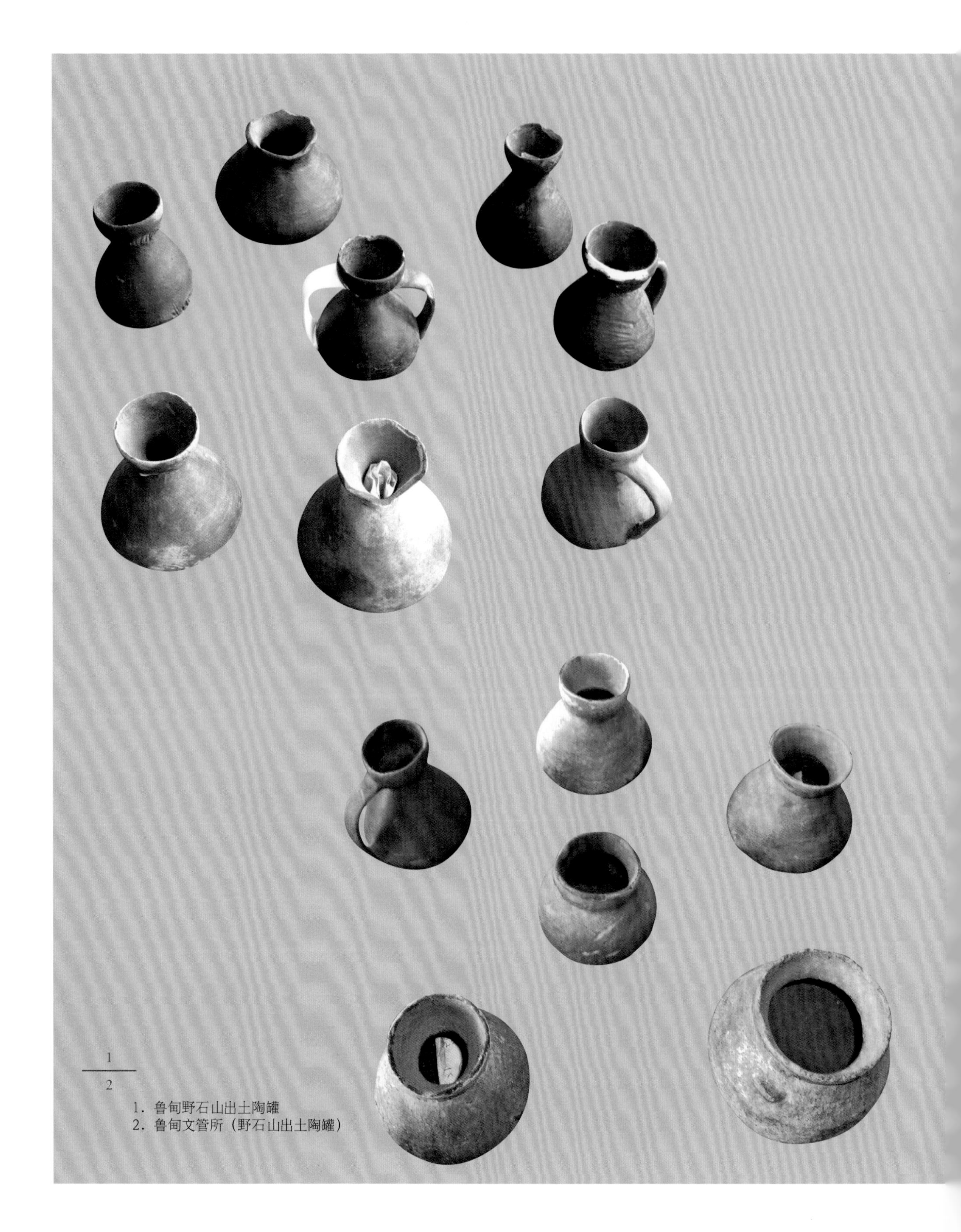

1
2

1．鲁甸野石山出土陶罐
2．鲁甸文管所（野石山出土陶罐）

1. 昭通博物馆馆藏博山炉炉座特写
2. 昭通博物馆馆藏博山炉
3. 昭通博物馆馆藏当地特色铜人像

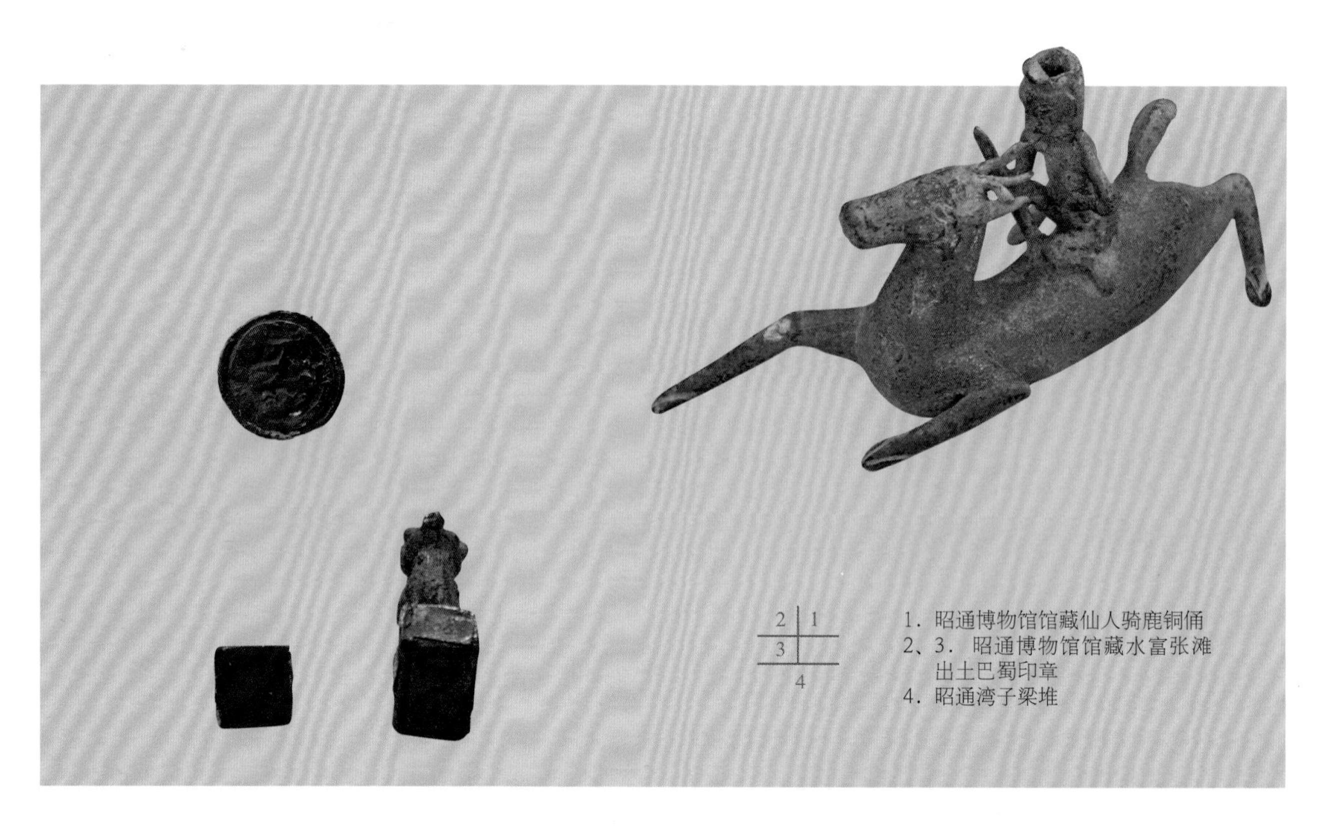

1．昭通博物馆馆藏仙人骑鹿铜俑
2、3．昭通博物馆馆藏水富张滩出土巴蜀印章
4．昭通湾子梁堆

考察足迹

——曲靖

2010年穿越横断山脉 寻踪五尺道

曲靖炎松古道是秦汉五尺道、唐代石门道以及明清通京官道在曲靖的北行段，北起炎方驿人宣威，南至沾益的黑板，全长约30公里。

1. 曲靖宣威可渡全景
2. 对岸的曲靖宣威可渡

可渡古驿道

由炎松古道往北走，过宣威市，再北行70公里，即可到可渡古驿道。这段驿道地处云贵交界，由可渡村经旧城村进入贵州威宁站坡村，全长约10公里。其中从旧城村至站坡村一段最具特色，路面宽约2米，全用不规则石板铺成，呈“之”字形蜿蜒于山坡上，沿途有记载驿道情况的古碑，路面的马蹄迹多处已洞穿石块，是明清时期使用最频繁的古驿道之一。

1	2	3

1．曲靖宣威可渡关关楼
2．曲靖宣威可渡关钦命提督云南碑
3．曲靖宣威可渡关恩同日月碑

曲靖宣威可渡关驿道

1．曲靖宣威可渡关驿道
2．曲靖宣威可渡关驿道

1. 曲靖宣威可渡关驿道
2. 曲靖宣威可渡关驿道

曲靖宣威可渡关关门

1. 曲靖宣威可渡关电影院
2. 曲靖宣威可渡关电影院小亭
3. 曲靖宣威可渡关摄制组搭的场景

真功夫

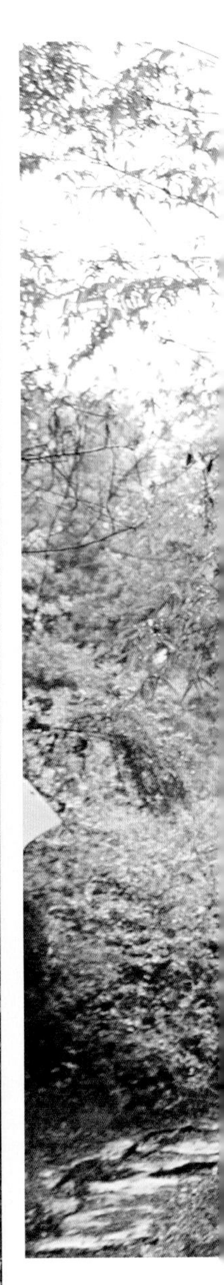

1 | 2 1. 曲靖九龙山古道
2. 曲靖九龙山古道毒水石刻

九龙山古道

九龙山段古道位于沾益大古城乡九龙山村北的山沟内，长约1公里，路宽2～2.5公里，路面用不规则青石铺成，青石上有马蹄印迹。古道依山势而行，蜿蜒曲折。相传为诸葛亮南征时行军经过，遭遇毒水。后世有好事者在路边石上刻“毒水”二字。

九孔桥

九孔桥位于云南曲靖沾益县西平镇浑水塘村北2公里左右的九龙山下南盘江上，它把南盘江的东西两岸连接在一起。九孔桥始建于清代乾隆三十年（1765），属石砌拱桥。桥全长84.5米，桥面宽3.7米。全桥共建有九个半圆形孔洞，故名"九孔桥"，亦称"九洞桥"。

九龙山九孔桥

队员风采

1．启动新闻发布会
2．五粮液老窖池

1	2
3	4

1．燊海井调查
2．合江门码头
3．武侯歇马石拓片
4．李庄古镇

1．屏山县楼栋乡看牌坊
2．罗场壁画
3．长宁七个洞
4．测量赵场古道

1	2
3	4
5	6

1. �连-巡司古道采访专家
2. 筠连古道专家工作照
3. 筠连-巡司段测量工作照
4. 筠连-巡司古道专家讨论
5. 筠连-巡司古道
6. 筠连-巡司古道发现古钱币

1	2
3	4
5	

1．凌云关古道访问
2．筠连古墓
3．专家在筠连-巡司古道发现古币
4．筠连金钟寨上山
5．凌云关前合影

	1
2	3
4	5

1. 考察车队在高桥
2. 牛寨泥泞中行进的车队
3. “走钢丝”的公交车
4. 车队
5. 窗外

1	2	
3	4	5

1. 高桥采访专家
2. 央视拍摄高桥五尺道
3. 豆沙关访问塔拉
4. 专家偷拍高桥
5. 专家在粱堆内

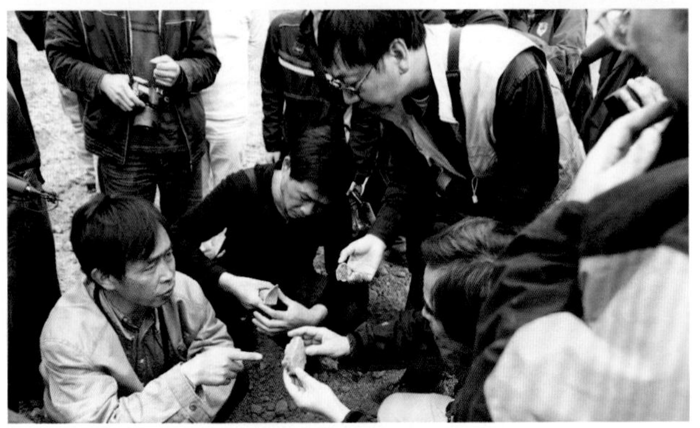

1. 昭通文管所馆藏全景
2. 朱提遗址考察
3. 昭通文管所考察

1 | 2
3

1. 考察结束座谈会
2. 考察结束座谈会
3. 昭通座谈会

考察日志

2010年4月10日

昨天，参加五尺道考察的各位专家陆续到达，中央电视台摄制组在院里拍摄出土文物，晚上院里设宴招待各位来宾。

考察于今天正式启动。早上7：30，我和高院已到单位门口，随即杨林、塔拉、王总的车陆续到达。7：55准时出发，走成渝高速。今天的目的地是自贡。

10：30左右，车队抵达内宜高速大山子出口，这是今天第一站，参观自贡恐龙博物馆。自贡文化局王晓英科长在博物馆接待我们，一小时后参观结束。我对恐龙了解不多，只是觉得南方恐龙较北方的恐龙个体要小一些。对于恐龙突然灭亡的原因至今令我不解，各种专家的解说也不能令人信服。

午饭后陆续参观了盐业历史博物馆、盐井遗址，最后看了燊海井。这是一口世上最早的超千米盐井，至今仍在产盐，是全国重点文物保护单位。整个生产过程让人震惊，让人激动。我终于了解了井盐是怎样生产的了，这是今天的一大收获。临走时买了20斤这口井生产的盐，一定别有滋味。晚上住自贡，文化局宴请考察团全体成员。

2010年4月11日

一早起来退房、早餐，然后驱车前往自贡市内几个古代盐运码头参观考察。时间安排得相当紧凑。据介绍，这几个盐运码头始建于唐宋时期，一直使用到20世纪五六十年代时始废弃，在现代化的大城市里面，也算是历史沧桑的见证了。

离开自贡上高速到宜宾， 路途不远，几十分钟便到了。在上午剩余的时间里参观考察市内的钟楼、王爷庙、古代民居和三江汇合处。

下午上翠屏山参观宜宾博物馆的馆藏文物，都是近几年在宜宾境内出土的。有汉代陶俑、西汉半两钱范、汉代仙人骑鹿铜像、东汉画像石棺；还有东汉“建初四年朱提造作”铜洗，东汉“延平元年堂狼造”铜洗等。出来后又去看水东门码头。然后回酒都饭店开新闻发布会。高大伦一一介绍专家组成员，并答记者问。市委、市政府都很看重这次五尺道的考察。晚宴由市政府安排。

市委调来一辆日产帕拉丁越野车，单位的小任明天回成都，杨林的车改为一号车，高院和央视张力乘坐，作为指挥车。晚上张力从北京飞来宜宾。

2010年4月12日

市内看了几处地点：

五粮液老窖池两个车间，是我院发掘的。据说始于明代，一个是“利川永”，另一个叫“长发升”。四川的几大名酒都有老窖池，基本上都经过正式发掘，现在看来年代、工艺相差无几，都是中国白酒的精华。品尝其刚出窖的原度酒，感觉“长发升”的味道好于“利川永”。参观五粮液厂区博物馆。

顺江而下，长江江心一处石刻，是此次新发现的。题记不甚清楚，肉眼能看清者如下两行：“开禧改元至正月……举觞吊古而下。”仅如此，已让人思古之幽情油然而生。照相、摄影、拓片，将资料取回。

下午兵分两路，一路随高院长去南广古镇和榨子母码头等地考察；我们这一路去了李庄。

李庄，抗战时期大后方的一处文化复兴基地，众多学校迁此。营造学社一帮如梁思永等在此继续工作。其中多数学者均为建筑界大师，现唯一健在者乃是罗哲文先生，罗是当地人，在学社学徒，抗战胜利后跟梁去了北京，遂成一代大师。

又去赵场看清代节孝牌坊。

2010年4月13日

雨。驱车80多公里到屏山县，又行20余公里到楼东古镇。此乃向家坝水库淹没区，部分街区已空。我院前两年在此发掘了“叫化岩遗址”，它是五尺道上一处重要的史前遗址，出土了不少文物。

午餐后考察了县城内的一些古迹、古街区。当年的古道、城门、关隘夹杂在现代民居当中，虽破败零散，却历历在目，令人感叹。向家坝水库建成后，这些历经千年的古迹当永远消失，现代文明的崛起便以此作为标志，宣告了一个时代的结束。

塔拉院长回北京参加重要会议。

2010年4月14日

由于时间的关系，今天的考察兵分两路。B组去珙县、长宁考察悬棺和崖墓；我和高大伦、杨林在A组。

第一站，宜宾县横江镇。

朱家民居：早年做茶叶和军火生意起家的地方士绅的民居，现为一文物保护单位，两层的民国时期建筑，其独特之处据说是四川最早使用沼气的家庭，时间是1935年。

丙祥商号：横江镇小街52号，民国时期货栈，抗战时期的运盐转运站。

横江码头：小镇旁，横江畔，当年相当繁荣的交通码头，如今已无迹可寻。码头旁的坡上有一两层楼之民国时期建筑，乃是当年国民党的清乡司令部，民国二十八年改为国民政府交通部滇缅公路托运管理处。

据当地干部介绍，此地原为古战场，当年石达开曾在此作战，护国军左路军亦在此打仗。江对面为云南水富县楼坝镇，1989年曾发掘过9座汉墓，5座战国土坑墓，出土过一批陶器和青铜器，记在水富县文管所的文物简报上。

盐关：沿横江上行，江边路旁，有清代盐关遗址，遗址已废，草木葱茏。

第二站，高县王家祠堂，清光绪年间做生意发家，后为文昌宫。其建筑为四川少见的石柱、石门，保存比较好，据说这里是高院长的老家，很多人都认识他。

高县庆符镇回龙寺：石柱上刻着“万历元年八月”，门前有联：“大桥畅通不虑隔河渡水；佛门广启请来避雨乘凉”；横批：“人皆共乐”。厨房联：“身居福地无烟酒；客到寒山有饭茶；有慢香客”。大雄宝殿：“甘露润人间洒遍西湖三月景；慧眼曜天下照尽南海一枝春；泽润天下”。

石门石刻：高县文物保护单位，四个大字“勒愧燕然”。

晚上塔拉从北京赶回来。

2010年4月15日

高县至筠连之间，罗场。

当年的文物保护标志是这样的：“文物保护重点，僰人岩墓石刻，高县革命委员会立，一九七九年十二月二十日。”宋江河畔，有明洪武年间岩墓，均被盗过。石壁上多有“岩画”、“石刻”，其时代无法确认，我和塔拉接受央视采访，均认为岩画年代较晚，极有可能为民国时期刻的，因为有1945年李信刚者刻有多处石刻。

B组从珙县赶来会合，首都博物馆祁庆国老师今天从北京赶来。

此地有阳翰笙故居，号称“文明宏第”。

筠连市内，淀水河上的小桥，名“万寿桥”，是一座石墩桥，明代。

市内古民居，在城市建设的大潮中已岌岌可危，朝不保夕。

下午，沐爱镇。县衙署旧址，回字形川南民居，始建于1942年，原为黄姓人家宅院，1948年为国民政府县衙。

2010年4月16日

早上8：30出发，比往天晚半小时。

镇舟镇金钟村，保存有筠连通往巡司的古石道路。路旁山形酷似桂林，风景甚是美丽。据当地老乡讲，过去有水风景更好，后因农田建设把地打漏了，没水了。

大部队往山上去探寻古道，我们便在山下访贫问苦。路边一草屋，老妪一人，诉苦曰：家有儿子，15岁时跑了，几年后带一女子回来，找家里要了两万元钱又跑了。现一人在家，孤苦伶仃，生活贫困，政府发低保没发给她。问其原因说，现在政府好，但到下面就不行了，有关系的人有儿有女都能吃低保，像她这样没关系的就没有，希望我们能向政府反映。把我们当政府的人了。问及门前这条道路，说以前大多是云南来的马帮。现在修了高速公路，渐渐才没人走了。他们说的高速公路是指能跑汽车的公路。我看这条路和俄亚马帮走的路有点相似。

这里村民家里养的是好久没看见的土乌骨鸡，原汁原味的乡村风味。

腾达乡官井村，有土司衙门遗址。此地缺水，靠天吃饭。

腾达镇（平寨），史称“南川巨镇”。王爷庙门前对联：“僰道乐中流，圣泽光昭符黑水；犀山遥拱翠，神威显赫镇腾龙。”

犀牛村，亦有古道路。

晚上，云南省昭通文管所、文化局、电视台一行8人到筠连。饭后商量明天进入云南考察事宜。

2010年4月17日

上午到筠连的最后一个点，塘坝乡柑子村。在古道旁，为民国时期民居，保存有栓马的槽门。周围种植大量的改良柑橘和苦丁茶。高院长说苦丁茶就是通过五尺道从越南传进中国的。现在云南种植最多。

塘坝乡古街道，保留着明清时期的建筑，有前店后坊式店铺。靠河边有杨家马店，卵石结构的墙体。街上还保留有弹棉絮的店铺，门前对联很有意思：“莫笑独弦琴难弹好曲，须知一床被甚有温情。”古道上民间传统文化处处都有体现。居民家中神坛位上贴着这样的对联：“昔日南阳为太守，而今西蜀作坛神。汝南来水脉派长，岐山西发源流远。世泽居官甘淡泊，家传教子务诗书。视之不见求之应，听则无声叩则灵。静演黄公三累法，闲操姜氏八蛮兵。不一而足。”

上午10：20进入云南境内。

盐津县牛寨乡，有正威将军、两广总督何赞成夫妇墓。

由于下雨，道路泥泞，在一条烂路上跑了二十余公里去看悬棺，悬崖上仅剩石孔。

高桥村古坟隧道旁，五尺道旧道尚存，陡壁峡谷，古桥连接其中，景色壮丽。

下午3点，盐津县午餐，然后到豆沙关。此地已开发为旅游点，五尺道现存350米，宽1.7米左右，马蹄印243个。公元前3世纪，李冰父子开僰道；秦朝后，常頞改修僰道为五尺道；汉武帝时，唐蒙再次将其扩宽修筑，称“南夷道”。站在豆沙关上，百余米下为关河，两岸陡壁如削，放眼望去，秦汉古道、朱提水路、内昆铁路、滇川公路、水麻高速路五道并存，数千年沧桑跨越时空共聚一景，奇迹也。为再现当年马帮在五尺道上行走的情景，央视拍摄马帮。晚住古道大客栈。

2010年4月18日

因塔拉要回内蒙古去接受组织部年度考核，祁庆国要去郑州开会，今天送两位直抵昭通。住海益宾馆，等候大部队明天过来。晚上带塔拉街上吃火锅，塔拉买了20斤当地出的米酒。

2010年4月19日

早上大雾，8点钟送塔、祁去机场，昆明飞机没起飞，换了登机牌又返回宾馆。11点钟太阳出来了，又去机场。

下午6点大部队抵达昭通。

2010年4月20日

早上8点出发，昭通市内考察。

昭通第六小学校内，汉孟孝琚碑（光绪二十七年出土）东晋霍承嗣壁画墓。校内原为文庙，现保留有畔池。

机场附近，有“朱提郡”遗址和“葛诸营”遗址。据说过去有城墙、壕沟，现已是农田，田中汉代绳纹陶片、瓦片随处可见，偶尔捡到瓦当残片。

甘河乡湾子村，汉晋时期砖、石室墓群。昭通文管所同志介绍说新中国成立初期有千余座墓葬，现在仅30余座。取而代之的是漫山遍野的现代墓葬，此地盛行土葬。

洒渔河村汉代崖墓，距市区20多公里，被农民当做猪圈，饲养了几头大肥猪。该村还是苹果之乡。

下午4点，在昭通市文体局会议室召开五尺道考察座谈会。昭通市王敏正市长亲自参加，还有一些当地文史专家，他们对此次考察充满了期待与重视。

2010年4月21日

在昭通又看了猛玛象的出土地点，亦在机场附近，系一煤老板挖煤时所获，现放煤老板私人处。

前往曲靖。中午在曲靖午餐。

曲靖可渡关，自古就是横跨北盘江而入滇之门户，南方丝绸之路重要关口。其现存完好的古驿道曾经是云南上京大道。蔡锷入川讨袁，红军由黔入滇均从可渡经过。此地文物古迹甚多，曾经庙宇轩昂，古柏参天。享有“云南八大景、可渡八小景”之美名。

在杨柳乡附近，有地名“禄家脑包”，应为蒙古族。

2010年4月22日

雨。五尺道九龙山段。现存长约2公里，宽2～2.5米。在幽深僻静的山谷里，两旁是茂密的树林，漫步其中，仿佛置身历史悠远的小道，耳旁响起山间马帮的铃声。这是一段保存完好的古道，不仅仅是道路保存下来了，周边的环境亦是相当优美，实在令人流连。

九龙桥，一座清代券拱石桥，现仍在使用中。

为赶时间，中午买了些面包之类的干粮，便一路赶往宜宾。晚8时许到达，五尺道考察圆满结束。

2010年4月23日

上午8：30，宜宾酒都宾馆5楼会议室， 五尺道考察成果汇报会。

宜宾市市委书记杨冬生，市长吕晓莉，市委宣传部游开余部长、黄德生副部长，各区县宣传部、文化局领导及《中国文物报》、《四川日报》等多家媒体，考察团全体专家参加了汇报会。

首先由我介绍西部考古探险中心自2005年成立以来，与中央电视台、故宫博物院、国家博物馆合作进行的考察活动，这次的五尺道考察是从川西来到了川南，希望以后继续在这个地区做工作。

考察团专家分别从不同的角度描述了此次考察的成果和意义。

杨冬生书记最后作总结发言，认为这次考察成果很丰硕，并为专家的精神感动，希望专家以后再来，并当场拍板宜宾各有关部门立即把这次考察中的重要发现定为县级文物保护单位，加快保护步伐，可谓雷厉风行。

午饭后高院长带着中央电视台去高县补拍镜头，其余专家驱车回成都。

专家团队简介

高大伦

1985年西北大学历史系硕士研究生毕业。教授。现任四川省文物考古研究院院长，《四川文物》主编，中国考古学会理事，四川省历史学会副会长。现研究方向为夏商周考古。近年来主持过四川境内南方丝绸之路考古调查（与日本合作，2002～2004），组织过越南考古发掘（与陕西考古研究院合作，2006），主持“5·12”大地震地震文物资料征集和地震遗址博物馆规划等在国内外有较大影响的多项大型学术活动。发表有专业论文译文百余篇，著译作十多部。在本次活动中担任考察团团长。

杨　林

1982年北京大学历史系考古学专业本科毕业。研究馆员。现任中国国家博物馆考古部主任。1996～2009年，任中国国家博物馆遥感与航空摄影考古中心主任。兼任中国科学院、教育部、国家文物局遥感考古联合实验室副主任，中国国际古迹遗址保护协会（ICOMOS）理事，中国考古学会理事。主持过山西平所露天煤矿汉墓群考古发掘、内蒙古东部航空遥感考古、洛阳大遗址遥感考古、秦始皇陵遥感探测、三峡云阳楚故陵考古发掘、西沙水下考古调查、广东沿海水下考古调查、新疆三普水下考古调查。编著有《内蒙古东南部航空摄影考古报告》等。在本次考察中担任副团长。

塔 拉

蒙古族，1982年毕业于吉林大学考古学系。研究馆员。2007年7月至2009年任内蒙古博物院筹备领导小组副组长，2009年2月至今任内蒙古博物院院长，享受政府特殊津贴。先后主持五十余处重大考古发掘项目，取得了丰硕的成果，尤其在内蒙古东部地区史前考古、青铜时代考古和辽金元时期考古学研究方面造诣深厚，已成为全国该领域的资深专家及学术带头人，其主持发掘的吐尔基山辽墓荣膺“2003年度全国十大考古新发现”。此外，为环境考古、聚落考古、航空考古、沙漠考古等领域的研究与发展做出了卓越的贡献，受到了国家文物局和自治区各级领导的高度赞誉与好评，在社会上产生了积极而深远的影响。

焦南峰

1982年毕业于西北大学历史系考古专业。研究员。现任陕西省考古研究院汉陵考古队队长。2001年5月至2009年4月，任陕西省考古研究院院长（所长），主持全院工作。1998年，国家人事部、文物局授予其“全国义博系统先进工作者”称号；2003年5月获全国“五一劳动奖章”。2008年被授予“陕西省有突出贡献专家”称号。2008年10月被推选为中国考古学会常务理事。

1999～2002年以汉阳陵考古队队长身份兼任汉阳陵考古陈列馆馆长，主持完成了汉阳陵考古陈列馆的筹建和布展工作。目前负责国家社科基金项目——《汉阳陵考古报告》、国家“十一五”大遗址保护项目——西汉帝陵的考古发掘研究工作。

汤惠生

1983年毕业于西北大学历史系考古专业。教授。现任南京师范大学社会发展学院副院长。1996年获文化部优秀专家称号，1998年享受国家特殊津贴专家称号。世界岩画艺术委员会执委，澳大利亚岩画协会理事，意大利卡莫诺史前研究中心理事，国际古代中亚研究会理事，美国哥伦比亚大学东亚语言文化系、北卡大学亚洲研究系客座教授。主持“西藏史前经济与社会生活史”（2007年国家社科基金重大项目子项目）、“青藏高原史前文明”（2007年教育部规划项目）、“青藏高原史前考古与史前史”（2008年国家社科基金重点项目）等科研项目。

张在明

1982年毕业于西北大学考古专业。研究员。1987～1989年，主持陕西省第二次文物普查工作。1998年，主编《中国文物地图集·陕西分册》，文字量达360万，获陕西哲学社会科学优秀成果一等奖。承担“陕南崖墓考古调查研究”、“陕西石窟寺研究”、“三峡云阳张家嘴汉代墓地考古发掘”等国家与陕西省的重大课题。2006年开始，负责国家文物局大遗址保护项目秦直道遗址保护项目。2009年在陕西省富县发掘秦直道2000平方米，入选“2009年度全国十大考古发现”。

陈显丹

毕业于四川大学考古专业。研究员。现任四川省文物考古研究院副院长。先后主持发掘广汉三星堆遗址及三星堆一、二号祭祀坑、广汉三国雒城城墙遗址等。在国内外发表的主要论著有《广汉三星堆古遗址》，《三星堆一、二号祭祀坑发掘简报》、《论三星堆遗址的性质》、《三星堆青铜器研究》、《三星堆玉石器研究》、“THE SACIRIFICIAL PITS AT SANXINGDUI THEIR NATURE AND DATE”（英国）、“ON THE DESIGNATION MONEY TREE ”（中国香港），《四川古代文物概论》（日本）、《三星堆青铜器——四川巴蜀文化的灿烂证据》（中国台湾）、《广汉三星堆遗址发掘概况、初步分期——兼论“早蜀文化”的特征及其发展》，《三星堆奥秘》等。

王鲁茂

1982年毕业于山东大学历史系考古专业。现任四川省文物考古研究院西部考古探险中心主任。主持过三峡水库淹没区、武都水库、硗碛水库、宝成铁路复线等考古调查和奉节老关庙遗址、宣汉罗家坝遗址、汶川姜维城遗址以及三星堆遗址2000年度的发掘。2005～2009年，与故宫博物院、中央电视台合作完成为期五年的“康巴地区民族考古综合考察”，调查木里纳西族自治乡俄亚大村等，并出版系列书籍和纪录片。

祁庆国

1983年毕业于北京大学考古文博学院。首都博物馆展览部主任，中国文物学会文物摄影委员会会长，中国博物馆学会数字化专业委员会秘书长。合作承担北京延庆山戎墓地等项发掘研究工作，合作承担中国石刻佛教造像等项考察、拍摄工作，组织实施北京地区不可移动文物调研、拍摄、影像数字化与数据库建设工作。

张　力

1984年毕业于北京师范大学中文系。二级导演。任中央电视台《发现之旅频道》总监。1989年《增长的代价》获第九届中国电影金鸡奖。1999年纪录片《中国在哪》获中国彩虹奖一等奖。2002国际科教电影电视展评研讨会荣获“评委特别奖”。撰稿、导演的《消逝的大河桥》荣获第八届“全国优秀科技音像制品奖”一等奖。与故宫博物院、四川省文物考古研究院合作拍摄“康巴地区民族考古综合考察”纪录片。

葛玉莹

泰山出版社总编辑，编审。先后被评为“山东省十佳中青年优秀编辑”、“山东省十佳出版工作者”、“山东省新闻出版先进工作者”、“山东省有突出贡献的中青年专家”。策划、组织编辑的图书获国家图书奖、中国图书奖、山东图书奖、山东省“精品工程”图书奖等省级以上奖励的有近百项。如《中华野史》（16卷）、《中华名人轶事》（20卷）、《民国野史》（20卷）、《中国政治通史》（12卷）、《民国轶事》（10卷）、《泰山文献集成》（10卷）、《阅读中华经典》（30册）、《中华书法大字典》（40册）等。出版著作有《中国企业自我保护方略》（获山东省“精品工程”图书奖）、《孙子兵法笺解》（山东省社会科学规划研究重点项目）、《出版产业论》（山东省社会科学规划研究重点项目）等。

王遂川

四川大学产业经济研究所常务副所长。长期致力于产业经济结构的宏观和个案研究，特别是在文化产业、出版印刷产业、酒类产业及中国酒文化等研究方面具有较深的造诣和独特的见解。参加过四川省文物考古研究院的“康巴地区民族考古综合考察”。

万 娇

2008年北京大学考古文博学院硕士毕业。现在四川省文物考古研究院考古队工作。参与四川省文物考古研究院的“康巴地区民族考古综合考察”、炉霍宴尔龙遗址发掘（与日本九州大学合作）、会理城河下游考古调查等项目。

崔 航

2006年四川大学城市规划专业工学学士毕业。现在四川省文物考古研究院古建所工作。参与四川省文物考古研究院的“康巴地区民族考古综合考察”，以及四川、西藏等地地面文物修缮、保护规划等工作。

后　记

AFTERWORD

我院自2005年实施考古探险考察项目以来，基本是每年对一条历史文化遗产线路或一处大型文化遗产进行综合考察，同时也尽可能做到每个项目考察结束后制播一部多集电视专题片、出版一本考察图录。项目实施和电视专题片制播、图录出版一直都进行得较为顺利，这是很令我们欣慰的。

本图录的完成事实上是集体的成果，例如图录中的照片，我们就是从所有考察队员的拍摄照片资料中选出来的，对一些罕见遗物遗迹的名称、性质、时代的确定也往往是大家现场讨论的结果。本书所做的不过是如实记录其过程、定格所考察的遗迹、公布考察的初步成果而已。

本书的编著体例由高大伦、杨林、王鲁茂同志共同商定，资料的汇集、文献的补充、照片的挑选、有关遗迹的再核实及图、表的编制等，则主要由万娇、王鲁茂、高大伦同志承担，最后由万娇、高大伦同志通审。虽然我们尽了努力，但本书涉及面甚广，参加人员较多，我们的记录未必专业、准确、全面、详尽。好在很快就会有机会补正，我们和宜宾、昭通宣传文化部门商量过，在本书出版后将尽快再组织专家深度考察和召开五尺道专题学术讨论会。

参加过集体考古调查的人都知道，野外田野调查工作需要团队内每一个人的合作精神，这是不用我们过多强调的。我们这里要特别指出的是它还离不开所经沿线的有关部门和地方专家的大力协作，尤其是这种长距离的、跨省市的考古调查更是如此。我们的考察，大到可行性论证、方案的制订，小到考察点的选择、野外用餐地点及方式的确定，都要倾听他们的意见。所以说，本次考察取得的众多成果里（包括本书），是凝聚了他们的心血的。为此，我们还要再次感谢以下单位：

自贡市文化局、宜宾市委宣传部、宜宾市文化局、宜宾市博物馆、昭通市委宣传部、昭通市文化局、昭通市文管所、曲靖市文化局、曲靖市文管所。

以及上述单位中以各种方式参加我们的工作和给予我们帮助的同志们。

最后，书中不妥不当之处，希望阅者不吝赐教。

编　者

2011年11月10日